野性的呼唤

〔美〕杰克·伦敦 著　石雅芳 译

台海出版社

图书在版编目（CIP）数据

野性的呼唤 /（美）杰克·伦敦著　石雅芳译. --北京：
台海出版社，2020.7（2022.9重印）
ISBN 978-7-5168-2604-1

Ⅰ.①野…　Ⅱ.①杰…　②石…　Ⅲ.①长篇小说－
美国－近代　Ⅳ.① I712.44

中国版本图书馆CIP数据核字（2020）第085008号

野性的呼唤

著　　者：〔美〕杰克·伦敦	译　　者：石雅芳
出版人：蔡　旭	封面设计：尚上文化
责任编辑：王慧敏	

出版发行：台海出版社

地　　址：北京市东城区景山东街 20 号　邮政编码：100009

电　　话：010-64041652（发行，邮购）

传　　真：010-84045799（总编室）

网　　址：www.taimeng.org.cn/thcbs/default.htm

E - mail：thcbs@126.com

经　　销：全国各地新华书店

印　　刷：三河市同力彩印有限公司

本书如有破损、缺页、装订错误，请与本社联系调换

开　　本：880 毫米 ×1230 毫米	1/32		
字　　数：120 千字	印　　张：7		
版　　次：2020 年 7 月第 1 版	印　　次：2022 年 9 月第 4 次印刷		
书　　号：ISBN 978-7-5168-2604-1			

定　　价：49.80 元

序

关于作者

杰克·伦敦（Jack London，1876—1916）的生活道路，是一个典型的个人奋斗的历程。他出生在美国旧金山，由于家庭极其贫困，他从小就参加体力劳动，干过各种杂活，帮助家庭维持生计。少年时，上街卖过报纸，进罐头厂当过童工。后来，他在旧金山港口当过水手，做过"蚝贼"，也参加过失业工人向华盛顿进军的示威游行队伍。1896年，美国阿拉斯加发现了金子。于是，在1897—1898年，他加入了浩浩荡荡的淘金者行列。但他得到的不是金子，

而是"败血症"。他的这些生活经历不仅使他有机会了解社会最底层的人们的生活，而且也让他目睹了他所处的那个时代的许多阴暗面。因此，青少年时代的生活经历成了他后来文学创作的源泉。

其实，伦敦一直是一个非常热爱书本、热爱写作的人。少年时代，在他从事着风险性很大的"蚝贼"行当的时候，就开始了如饥似渴的阅读。在高中时期以及在他短暂的大学时代，他都积极地给校报、校刊投稿。特别是淘金归来后，他更表现出了对阅读的渴望，似乎他想从书本中寻找到他从生活中无法找到的答案。在他广泛的阅读中，他接触到了达尔文、赫希利、斯宾塞、尼采以及马克思的作品及思想，这些伟大的思想家后来大多成了他的精神导师。用他的传记作家辛克兰的话来说，这些思想家的作品奠定了伦敦的思想基石。不过，因为他的广收博览，接受了不同的思想体系，而造成他的思想的复杂性与多面性。之后，这些都在他的作品中得到了体现。如他曾经一度热衷于马克思的思想和社会主义思想，这一过程，我们从他的自传体小说《马丁·伊登》中的主人公马丁身上可见一斑。

在阅读的同时，他便开始了埋头写作，也开始从文学大家们那里汲取养分，再凭借他的刻苦与才智，他很快就在写作生涯里获得了巨大的成功，并实现了通过自己努力而摆脱贫困的梦想。然而，在他生命的最后几年里，由于思想观念及家庭两方面的因素，他人生的信念发生了动摇，他酗酒借债，疾病缠身，最后因过量服用麻醉剂而身亡。

可见，伦敦的创作生涯较为短暂（1899年至1916年），但在这短暂的时间里他所创作的作品，就犹如他的人生一样，是非常丰富多彩的。他出版了

50多部作品，其中长篇、中篇、短篇小说占大多数，另外，还有一些剧本与社会评论。

　　伦敦是我国文学界较早向国内读者介绍的外国作家之一。他的代表作《野性的呼唤》（*The Call of the Wild*）及《马丁·伊登》（*Martin Eden*）为我国读者所熟悉与青睐。伦敦是个现实主义作家，因此，从他的作品中，我们可以看到伦敦所生活时代的美国社会及美国人的精神风貌，也可以看到作者对世界对人生的理解、感受与态度。

关于《野性的呼唤》

　　《野性的呼唤》是伦敦的成名作，1903年出版。小说的主人公是一条狗，名叫巴克。整个故事以阿拉斯加淘金热为背景，讲述了在北方险恶的环境下，巴克为了生存，如何从一条驯化的南方狗退回到似狗非狗、似狼非狼的野蛮状态的过程。巴克是一条硕大无比的杂交狗，它被人从南方主人家偷偷卖掉，几经周折后开始踏上淘金的道路，成为一条拉雪橇的苦役犬。在残酷的驯服过程中，它意识到了公正与自然的法则，恶劣的生存环境教会了它狡猾与欺诈的意义，后来它将狡猾与欺诈利用到了让人望尘莫及的地步。经过残酷的，甚至是你死我活的斗争，它终于确立了领头犬的地位。在艰辛的拉雪橇途中，主人几经调换，读者可以从中领略不同人的面貌。巴克与最后一任主人结下了难分难舍的深情厚谊，这位主人曾将它从极端繁重的苦役中解救出来，而它又多次营救了它的主人。最后，在它热爱的主人惨遭不幸后，它便走向了荒野，响应了它这一路上多次聆听到的，也多次向往的那种远古的野性呼唤。

虽然巴克只是一条狗，但是它的艰苦卓绝的道路，反映了作家所生活的时代中个人奋斗的真谛。这也是当时处于尔虞我诈的资本主义发展时期的美国社会所盛行的自然主义思潮的一种反映。它反映了达尔文的自然环境下的适者生存的自然选择观点以及斯宾塞的社会进化论中的社会选择观。在这条道路上，面对如此险恶的自然与社会环境，只有精英与超人，如小说中巴克那样的物种，才有生存的可能。小说的第二章写道："（巴克）这初次的偷盗，标志着巴克适合在险恶的北国环境里生存，也说明它的适应性极强，它具有适应环境变化的能力。缺乏这样的能力，就意味着迅速而悲惨的死亡。而且，这还标志着它道德本性的衰退或分崩离析。这种道德本性在无情的生存竞争中成了一种虚荣和一种障碍。"

这里必须指出的是，由于作者受达尔文及斯宾塞思想观念的影响，以及美国社会与个人生活的映照，才产生了这种较为悲观的宿命论思想。他认为人完全听命于这种残酷的自然与社会选择，在自然法则面前，人是渺小的，无奈的。而且在生存竞争中，什么道德观念都成了"一种虚荣和一种障碍"。这一方面说明了当时生存环境的险恶，另一方面也揭示了资本主义社会的不道德的一面。在这样的社会里，在自然法则的作用下，原始的欲望、道德的沦丧、文明的失落，都表现得淋漓尽致。因此，如果生存是人类活动最高目标的话，那么，动物求生存的过程就是暴力相见、相互残杀的过程。只有通过弱肉强食的斗争，才能保证具有竞争优势条件的"精英"或"超人"继续生存。

因此，可以这样说，《野性的呼唤》较为充分地表现了伦敦的自然主义思想。

　　从艺术角度看,《野性的呼唤》是一部非常精美的小说。首先,它在结构上是精美的。作品将巴克从驯化向野性转化的这一过程编写得天衣无缝,环环相扣,以致能够合情合理地、顺理成章地烘托出小说的主题思想。其次,小说语言的表达力非常强。不论是对狗的描写,还是对人的刻画,作者都能将人及狗的面貌及精神状态鲜活地呈现到读者的眼前。

　　我想,每一位读过这部小说的读者都会觉得,它在内容与形式上达到了较为完美的和谐统一。我想,也正因为这一点,这本小说的魅力才会经久不衰。

目录

第一章　进入荒野

野性的呼唤

原始的渴望在心中骚动，

习惯的束缚令内心烦乱；

野性从冬日的睡眠中，

再次发出醒来的欢叫。

  巴克不读报纸，否则它就会知道一场厄运即将降临。这场厄运不仅会降临到它自个儿头上，还会降临到从皮吉特湾①到圣迭戈②这些沿海地区的每一只强壮的、拥有浓厚皮毛的狗身上。因为人们在北

---

  ① 美国华盛顿州西北部太平洋一狭窄而形状不规则的海湾。——译者注

  ② 美国加州港市。——译者注

极的黑暗之地探索时，发现了一种黄色的金属，又因为轮船及运输公司对这一重大发现大肆宣传，因此成千上万的人涌进北部地区。这些人都需要狗，而且他们所需要的狗必须身强力壮、能干苦力，还能用其厚厚的皮毛抵御冰雪风霜。

巴克住在阳光充沛的圣克拉拉谷①的一幢大房子里。人们称这为米勒大法官的府邸，房子远离大路，半藏于树林之中。透过树木，能隐隐约约看见环绕在房子周围的那条宽阔阴凉的走廊。几条砾石铺成的车道，弯弯曲曲。沿着车道，穿越宽阔平展的草坪，头顶着枝叶交织成荫的高大白杨树，直通房子。房后比房前要空旷得多：那里有宽敞的马厩，十多个马夫和男仆住在里面，还有几排爬满藤蔓的小屋，

① 在美国加州旧金山湾南，即现在著名的硅谷一带。——译者注

供用人住。一排望不到尽头的整齐外屋，那里有长长的葡萄架、绿油油的草地、果园和浆果地，还有自流井抽水设备以及一个水泥建造的大蓄水池。米勒法官的男孩子们上午跳入蓄水池里游泳，炎热的下午到蓄水池里纳凉。

　　巴克就管辖着这一大片的领地。它生于此，在这里生活了四年。不错，这里还有其他一些狗。在这块偌大的地方，不可能没有别的狗，但是它们都是微不足道的。它们来了又走了，它们不是住在拥挤的狗窝里，就是安静地待在屋子角落里，像日本哈巴狗嘟嘟那个样子，或是像墨西哥的无毛狗伊莎贝尔一样。这些稀奇古怪的动物，难得将鼻子伸到屋外，也难得下地走动。此外，这片地方还有一群狐狸，至少有二十只。只要嘟嘟与伊莎贝尔在一队拿着扫帚和拖把的用人的保护下从窗子里向外望着

狐狸，这群狐狸就会朝着它们发出恐吓般的咆哮。

但是，巴克既不是看家狗，也不是整天待在窝边的狗，整个领地都属于它。它与法官的儿子们一起跳进蓄水池里游泳，一块儿去打猎；它陪伴着法官的女儿莫莉和艾丽斯在晨曦或黄昏时分出门散步；在寒冬腊月的晚上，它躺在法官的脚边，烤着熊熊的炉火；它有时驮着法官的孙子，有时与他们在草地上打滚，当他们到马厩院子的水龙头那里去疯狂冒险时，它一步不离地看护着他们，它甚至护卫着他们到更远的小牧场或浆果地里去玩耍。巴克趾高气扬地从那群狐狸中间走过，至于嘟嘟与伊莎贝尔，它完全不把它们放在眼里，因为它就是国王——米勒法官家一切地上走的与天上飞的生物之王，其中也包括人类。

野性的呼唤

巴克的父亲埃尔玛是只巨大的圣伯纳德犬 [①]，曾是法官形影不离的伙伴，巴克可望子承父业。它虽身材没有父亲那么高大，体重只有一百四十磅——因为它的母亲希侬是只苏格兰牧羊犬，但是就是这一百四十磅的身形，再加上优越的生活及普遍受到的尊敬，使它拥有一副皇家贵族的气质。巴克在过去的四年里，一直过着一种养尊处优的贵族生活，它心高气傲，甚至有点儿自负，类似于那些因孤陋寡闻而自鸣得意的乡绅一样。但是，它没有让自己堕落成一条成天吃吃喝喝的家犬。它喜爱打猎及与其类似的户外活动，使它没有长得肥头肥脑，反而练出了一身结实的肌肉。对于它来说，就如那些喜

---

① 圣伯纳德犬（St. Bernard dog），又名瑞士救护犬，一种大型红棕毛或白毛狗，最初为阿尔卑斯山圣伯纳德济贫院驯养以救护雪地遇难旅客。——译者注

爱冷水浴的动物一样，酷爱的水中活动就成了它的滋补药和保健品。

在 1897 年的秋天，当克朗代克①的发现将整个世界的人都吸引到冰天雪地的北方时，巴克就是这个样子。但是，巴克不看报纸，而且它不知道园丁的一个帮工曼纽尔是个居心叵测的伙计。曼纽尔有一个改不掉的坏毛病，他沉迷赌博。另外，曼纽尔在赌博中，有一个改不了的弱点——相信一种胜利法。这注定了他倒霉的命运，要施展他的那套胜利法，就需要钱，可是身为一个园丁帮工，他的工资还满足不了他妻子及一大帮孩子的生活开支。

在曼纽尔背信弃义的那个难忘的晚上，法官

---

① 加拿大西北部育空地区的一个区，位于阿拉斯加以东。克朗代克因 1897 年到 1898 年的克朗代克淘金热而知名。——译者注

正在参加葡萄种植者协会的会议，法官的儿子则忙着组建体育俱乐部。所以没人看见曼纽尔与巴克穿过果园出去，巴克自己也觉得，他们只是出去溜达一会儿。除了一个男人之外，没有人看见他们来到了一个飘着信号旗的名为学院园的小车站。曼纽尔与那个男人谈了话，他们中间发出了叮当作响的钱币声。

"你在把货送出之前，也许应该先把它包起来。"陌生人粗声粗气地说，曼纽尔听完便把一根粗绳子双重地套在巴克项圈下的脖子上。

"只要拧紧绳子，你就可以将它勒得半死。"曼纽尔说。陌生男人咕哝一声，表示赞同。

巴克不失尊严地、静静地让曼纽尔把绳子套在脖子上。说实在的，这件事有点儿反常，但是它早已经学会信任它所认识的人，相信他们的智慧是它

所不能及的。但是，当绳子的一头被交到陌生人的手里时，它立刻凶狠地嗥叫起来。它仅仅是在表明自己的不满，它的自尊使它相信，表明不满便是在发布命令。但是，令它吃惊的是，脖子上的绳子一下被收紧了，勒得它呼吸困难。它顿时火冒三丈，朝那个男人扑上去，可是它刚跳到半空，那人就扼住了它的喉咙，并熟练地一拧绳子，将它摔了个四脚朝天。接着，他残酷地收紧了绳子，巴克狂怒地挣扎着，舌头从它的嘴里吐了出来，宽厚的胸脯徒劳地上下起伏。一生中，它从没受到如此无礼的虐待，而且它一生中，也从未如此愤怒过。但是，巴克的力气渐渐小了，它的眼睛渐渐模糊起来。于是旗子信号一打，火车停下了，那两个男人将它扔进了车厢，而这时的它已失去知觉。

当巴克再次苏醒过来时，它迷迷糊糊地觉得舌

头在隐隐作痛，它正被什么车子摇摇晃晃地载走了。火车在穿越岔道口时所发出的嘶哑汽笛声使巴克明白，它置身何处。它常常与法官外出旅行，不会不知道坐在行李车厢里的感觉。当它睁开眼睛时，那双眼睛里闪耀着一个国王遭人绑架的怒火。那个男人跳起来勒住它的咽喉，但是巴克的反应比他迅速。它的嘴一下咬住了那个人的手，死死地咬住，毫不松口，直到它再一次被绳子勒到失去知觉为止。

"唔，一条疯狗。"那人说道，乘务员被争斗的声响吸引了过来，那人将他被咬伤的手藏起来，没让行李车乘务员看到。

"我正送它到旧金山的主人那里去。那里有个名犬医，他能给它治病。"那人向乘务员解释道。

关于那个晚上乘车的事，那人在旧金山海滨一个沙龙的后仓房里大谈特谈了一番。

"而我所得到的仅仅是五十美元，"他满腹牢骚道，"这样的事，就算给我一千美元现金，我也不干了。"那人的手用血迹斑斑的手帕包了起来，而且右裤腿从膝盖撕到了踝节处。

"另外那个家伙拿了多少钱？"酒店老板盘问道。

"一百美元，"他回答，"一个子儿也不少，我没有办法。"

"那加起来就是一百五十美元，"酒店老板算计道，"看看它是不是值这个价，否则我就成傻瓜了。"

绑架徒解开血迹斑斑的包扎，看着他那只被撕破的手，"我会不会患上狂犬病……"

"会呀，因为你天生就是个绞死鬼，"酒店老板边笑边说，"喏，你先帮我一把，再拿你的运费。"他又加了一句。

巴克这时头昏眼花，喉咙与舌头都疼痛难忍，半

死不活，但还试图反抗折磨它的那些人。可是它几次被摔到地上，被不断勒住脖子，直到后来，他们才把重重的铜项圈从它的脖子上锉了下来。接着，绳子被解开了，它被扔进了一只笼子般的板条箱里。

那个疲惫不堪的晚上，它都躺在板条箱里，心中充满着愤怒和受伤的自尊。它不明白眼前发生的一切意味着什么。这些陌生人想将它怎么样？他们为什么要把它关在这个狭小的板条箱中？它不知道为什么，但是，它隐约觉得大祸临头，内心很难过。夜里，小仓房的房门几次嘎吱一声被打开，它都跳起身，希望能看到法官或至少看到那些男孩子。但是，每次看到的都是酒店老板的那张鼓鼓的脸，借着微弱的烛光窥视着它。因此，每次在巴克喉头颤动的欢快声都转变成了疯狂的噪叫。

但酒馆老板没去管它。第二天上午，又进来了

四个人，他们抬起了板条箱。巴克心中断定，折磨它的人定是增加了，因为他们都是些相貌丑陋的生物，衣衫褴褛、蓬头垢面。它隔着板条箱，朝他们怒吼咆哮。而他们只是哈哈大笑，用棍子戳它。一见棍子，它立即用牙齿去咬，后来才意识到它这么做，正合他们的意。于是，它便愤愤地躺下身子，任由他们将板条箱抬进了一辆运输车里。接着，巴克与囚禁它的板条箱便开始了被人几经转手的历程。先是快递办公室的伙计们管过它，之后另一辆运输车将它运走，接着一辆卡车载着它及各色各样的箱子和包裹开上了一艘渡轮，卡车驶离渡轮后，又驶进了一个大铁路车站，最终它被装进了一辆快运包裹车厢里。

这节快运包裹车厢在汽笛声声的火车屁股后面被拖了两天两夜，而巴克也就整整两天两夜没吃没

喝。它气愤万分，当快运车厢里的速递员开始走近它时，它都报之以嗥叫，他们以取笑它来对它进行报复。它气得浑身发抖、口喷唾沫，扑向板条箱，而他们嘲笑它、奚落它。只见他们也嗥嗥乱叫，一下像恶狗般狂吠，一下像猫喵呜地叫，甚至扑腾着双臂学公鸡啼鸣。巴克知道，这一切都非常愚蠢，但是，也就更加有损它的尊严，它的怒火便越烧越高。巴克并不太在意饥饿，但是缺水使它遭受极大的痛苦，使它到了怒不可遏的程度。这时的它情绪紧张，极度敏感，而且这样的虐待加上疼痛的咽喉和肿胀的舌头更是让它火冒三丈。

　　让巴克庆幸的是：束在它脖子上的绳子已经解开了。用绳子套住它的脖子，极不公平地使那些人占了优势。既然绳子不在了，它会向他们证明，他们永远也别想再用绳子来束缚住它的脖子。对此，

它已下定决心。两天两夜，它没吃没喝。在这受尽折磨的两天两夜里，它心中积攒了满腔的怒火，谁率先撞上它，谁就会倒霉。它的双眼布满血丝，宛如一个愤怒的魔王。它身上发生了极大的变化，就是法官本人都会认不出它来，就连快运车厢里的速递员在西雅图将它匆忙送下火车的时候，都松了一口气。

四个男人小心谨慎地把板条箱从运输车上运进了一个围墙高筑的小小后院里。一个壮汉走了出来，他身穿一件红毛衣，领部松大得往下垂。壮汉在司机的记录本上签了名。巴克猜想，这就是下一个折磨它的人，于是，它疯狂地朝板条箱扑去。那个人冷冷地笑，拿出了短柄斧和棍棒。

"你不是现在就要把它弄出来吧？"司机问。

"就现在。"那个人回答道，同时将斧头砍进板

条箱要撬开箱子。

四个抬箱子的男人立即散开去，爬到围墙上面，准备在安全处看一场好戏。

巴克向砍碎的木板冲去，一会用牙齿去咬木板，一会儿又冲向木板，和木板撕打起来。斧头在外面砍到哪，它就在里面咆哮着冲向哪。它怒不可遏、急不可耐地想冲出箱子，而穿红毛衣的男人正泰然自若、专心致志地砍箱子，要放它出来。

"呀，你这个红眼魔鬼。"当他砍开了足以让巴克的身体通过的口子时，他这么说。同时，他扔下了短柄斧，把棍棒换到了他的右手中。

这时的巴克真正是个红眼魔鬼，它挺直身子，准备跳跃，只见它毛发竖立，口吐白沫，布满血丝的双眼闪闪发亮。它那一百四十磅重的身体扑向那个男人，满载着它两天两夜郁积起来的愤怒。它跳

到半空，嘴巴正准备咬住那个男人，这时，它遭到
猛烈一击，使它收住身子，使它的牙齿咔嗒一声，
痛苦得合拢了起来。巴克翻滚在地，背部与身侧重
重地倒了下来。它这辈子从没有挨过棍棒，所以弄
不明白怎么回事。它嗥叫一声，叫声像犬吠，但更
像凄厉的尖叫，接着，它又一次站起身，跳了起来。
结果它又一次遭到了那种叫它浑身战栗的打击，并
被打瘫在地。这回它明白了，是棍棒在作祟。可是，
它气得失去理智。它冲撞了十多次，但是棍棒每一次
都阻挡住了它，将它打倒在地。

　　有一下打得特别凶狠，巴克匍匐着爬起来，头
昏目眩，无力再向前冲去。它的脚软弱无力，蹒跚
着上前，鼻子、嘴、耳朵都在流血，它那身漂亮的
皮毛上沾满了斑斑点点的血沫。这时，只见那个男
人向前迈了一步，从容地朝它的鼻子狠狠地打去。

这一击钻心刺骨，超过它所忍受过的任何痛苦。巴克大吼一声，其声势如同凶猛的狮子，再一次朝那个人扑去。然而，那人把棍棒从右手换到了左手，镇静地击打在它下颚，同时向它的身子从下朝天劈打过去。巴克在空中画了一个圈，第二圈划到一半时便栽倒在地上，头和胸先着了地。

那是它最后一次冲刺。那个人这一下打得漂亮，那是他故意保留的一手。巴克弓起身子，然后倒落在地，完全没了知觉。

"要我说，他驯起狗来真不赖。"站在围墙边的一个男人热情高涨地吆喝道。

"还不如每天驯驯小马，星期日可驯上两次。"司机应答说，同时登上运输车，驱动了马车。

巴克虽然恢复了知觉，但没有一点儿力气。它躺在原先倒下的地方，眼睛注视着穿红毛衣的男人。

　　那人喃喃道："它名叫巴克。"他在读酒店老板运送板条箱的委托信中的话。

　　"唉，巴克，伙计，"他亲切和蔼地说，"我们吵了一架，最好的解决办法是到此为止吧。你明白了你的地位，我明白我该做什么。如果你做只本分的好狗，一切就好了，今后前途无量。要是敢造反，那我会把你的五脏六腑都打出来。明白吗？"

　　穿红毛衣的男人一边说，一边无所畏惧地拍了拍巴克才被他冷酷无情地毒打过的头。一接触到他的手，巴克的皮毛就不自觉地倒竖了起来，但是它没有抗拒，默默地忍受着。当那个人为它拿来水的时候，它迫不及待地喝了起来，后来，它又从那男人的手里狼吞虎咽地吞吃了一块块生肉。

　　巴克被人打败了（它明白这一点），但是它没有被打垮。它完全明白，与拿着棍棒的人斗，是不可能

赢的。它接受了教训，今生今世决不会忘记的一次教训。那根棍棒就是一种启示。这是它进入原始法则天地的入门课程，而且它是半途开始入门的。生命的真谛呈现出其更为狰狞的面目，当它无所畏惧地面对其狰狞面目时，潜伏在它体内所有的狡诈都被唤醒了。随着日子一天天过去，又来了其他的狗，有的被装在板条箱中，有的被绳子拴着，有的温顺，有的如它初来时那样暴跳如雷，狂吼怒嚎。它看到它们一只只都被那个穿红毛衣的男人驯服。当巴克看着每一次残忍的驯服时，那教训深深地扎在了它的心上。它现在知道拿棍棒的人就是立法者，虽然别人不一定都得对他摇尾乞怜，但他就是大家都得服从的主人。它看到被打得趴下的狗去巴结讨好那男人，向他摇尾乞怜，舔他的手。但巴克从不干这样的事。它也看到有一只既不巴结又不服从的狗，最终在争夺支配权中丧了命。

时常会有人上门来，都是陌生人，他们与穿红毛衣的男人谈话，谈话有时兴奋，有时甜言蜜语，他们以各种各样的方式交谈着。而当他们之间发生钱来钱往的时候，陌生人往往会带走一只或更多的狗。巴克不禁猜想，它们去了什么地方，因为他们再也没有回来过。它对自己的将来深感恐惧，每次没被选中的时候，它都很高兴。

可是，事情终于轮到巴克的头上。那天，来了一个干瘪的男人，他嘴里吐出的英语断断续续，而且夹着很多既古怪又粗鲁的惊呼语，让巴克听不明白。

"哎呀！"他一看到巴克就眼睛发光地喊道，"那一定是条好狗。嗯？要多少钱？"

"三百美元，而且还是便宜卖的哪。"穿红毛衣的男人马上回答说。

"再说花的是政府的钱，你不会不同意的吧，
嗯，毕罗尔特？"

毕罗尔特露齿笑了。由于对狗的需求猛增，狗
的价格突飞猛涨。因此，要买这样一条精良的狗，
这个价钱不能算不公道。加拿大政府不愿吃亏，而
急件的邮递速度也不能耽误。毕罗尔特对狗很内行，
他一看到巴克就知道它是千里挑一的——"不，是万
里挑一的狗。"他暗自揣摩道。

巴克看到了干瘪小个子男人与穿红毛衣的男人
之间的钱来钱往，因此当干瘪小个子男人将它与卷
毛牵走时，一点都不吃惊。卷毛是一只性情温和的
纽芬兰狗①。从那以后，巴克就再也没有见到那个穿红

---

① 纽芬兰狗（Newfoundland），原产于纽芬兰，皮毛通常为黑
色，身躯强大，灵敏而又善于游泳。——译者注

毛衣的男人。并且，自它与卷毛从"独角鲸号"的甲板上眼看着西雅图渐渐消失的时候起，它也就再没有看到温暖的南方大地。毕罗尔特把它与卷毛带到了甲板下面，交给了一个名叫弗兰克斯的黑脸大汉。毕罗尔特是法裔加拿大人，他皮肤黝黑，但是弗兰克斯是法裔加拿大混血，因此皮肤还要黑上一倍。在巴克眼里，他们是完全不同的人（它注定要见到许多从未见过的人）。虽然它对他们生不出亲热的感情，但它慢慢开始真心实意地尊敬他们。它很快就知道毕罗尔特与弗兰克斯都是很公正的人，在处理是非之事时既镇静又公平。在处理狗方面的事时，他们又很聪明，绝对不会上狗的当。

在"独角鲸号"的中舱，巴克和卷毛遇到了另外两只狗。其中一只雪白的大狗，来自斯匹次卑尔

根群岛①，是一个捕鲸船长带出来的，后来参加了一次北美洲沙土灌木地的地质测量。

它看起来友好，却暗藏着阴险，一边冲着你的脸笑，一边在琢磨着鬼点子，例如，在第一顿饭时它就偷吃了巴克的食物。当巴克要跳起来去惩罚它时，弗兰克斯的鞭子便在空中呼啸而过，率先落到了犯事者身上。于是，巴克也不用自己动手了，它所要做的只是拿回它的骨头。它心想，弗兰克斯处事真公正，这个混血儿在巴克的心中地位开始上升。

另一只狗没有冒犯的举动，也没有受到其他狗的冒犯。当然，它也没有从初来乍到者那里偷东西吃的企图。它阴沉、乖僻，直接向卷毛表示别去惹它。如果谁去惹它，那就是自找麻烦。人们叫它

①挪威的岛屿。——译者注

"戴夫"，它吃完就睡觉，此外便是偶尔伸伸懒腰，对其他事情漠不关心，甚至当"独角鲸号"穿越夏洛特皇后湾时，船身像是着了魔似的在波涛里起伏滚动、颠簸冲撞的时候，它还是无动于衷。巴克与卷毛既兴奋，又有点儿惊恐，而它却抬起头，似乎很恼火，还好，它只是朝它们漠然地瞥了一眼，然后打了个呵欠，再一次睡去了。

　　螺旋桨不知疲倦地转动，船只不分白天与黑夜地颤动。虽然一天天的日子没有什么区别，但巴克明显感到，天气在渐渐地变冷。有一天早晨，螺旋桨终于静了下来，"独角鲸号"上到处洋溢着激动的情绪。它感觉到事情即将有新的变化，其他狗也感觉到了。弗兰克斯在它们的颈部拴上皮带，把它们带上了甲板。一踏上寒冷的地面时，巴克的脚就陷进了一种白色的糊状物里，很像烂泥。它鼻子哼了

一声，身体向后缩去。这种白色的东西源源不断地从空中飘落下来，它抖动着身子，但是这东西越来越多地落到身上。它好奇地嗅了嗅，然后用舌头舔了一点儿。舌头像火一样刺痛，但刺痛瞬息之间又消失了。这让巴克傻眼了，它再试了一次，结果却相同。旁观者见了哄然大笑，它感到羞愧，但它不知道这是因为它第一次见到雪。

第二章 棍棒与犬牙法则

巴克在代牙海滩的第一天简直是一场噩梦，每时每刻都充满了震撼和意外。巴克突然被人猛地推出了文明的天堂，扔入了荒野的中心。这不是一种闲散的、充满阳光的生活，懒散和充满阳光的生活除了无所事事就是活得生厌。这里，没有宁静，没有休息，没有片刻的安全。到处是混乱不堪和忙忙碌碌，生命与肢体随时都有被摧残的危险，必须时时刻刻都保持警惕，因为眼前这些狗及人都不是城市的狗和人。他们都是野蛮的畜生，每一个都是，他们不懂什么是法律，只服从棍棒与犬牙法则。

这些狗撕打起来就像野狼，这是巴克前所未见的，初次经历就给它留下了难以磨灭的教训。没错，

那是一种从他人的遭遇中获得的如同身受的经验，否则它不可能活着从中受益。

受害狗是卷毛。它们当时在原木商店附近扎营，卷毛友好地朝一条爱斯基摩狗走去，那条爱斯基摩狗有成年的狼那么大，但还是不及卷毛一半大小。爱斯基摩狗没有丝毫的警告，只是闪电般扑过来，金属夹子般的牙齿死死咬住卷毛，然后立刻纵身跳开，接着，卷毛的脸从眼睛到下巴便被撕裂了。

扑过来就咬，咬完了就跳开，那是野狼撕打的方式。然而，事情到这里还远远没有结束。这时，跑来了三四十只爱斯基摩犬，它们热切地、一声不响地将两只撕打中的狗团团围在中间。巴克弄不明白那种一声不响的热切样子代表什么，也不理解它们舔肉块时的样子怎么会如此贪婪。卷毛朝它的对手扑去，而它的对手再一次扑向它后便往旁边纵身跳开，用它的胸

野性的呼唤

脯拦住卷毛的下一个冲刺，这手段很出乎意料，使得它一个翻身，摔倒在地。卷毛从此就没有再站起来。这正是旁观的爱斯基摩犬所期待的，它们嘴里"嗥嗥"叫着向它围拢过去，卷毛淹没在其中，在一群倒竖着毛发的躯体下痛苦地尖叫。

这一切来得如此突然，如此始料不及。巴克被吓蒙了。它看见丝毛犬伸出鲜红的舌头，好像在大笑，接着，它看到弗兰克斯挥舞着一把斧子，跳进混乱的狗群之中。三个男人拿着棍棒，帮卷毛一起驱散狗群。狗群很快就给驱散了，自卷毛倒下起，到它的围攻者被棍棒驱赶开，只有两分钟的时间。但是卷毛躺在血红的、被踩烂的雪地里，浑身无力，没有了生息，它几乎被撕成了碎片。黝黑的混血儿站在那儿朝下看着它，嘴里发出了可怕的诅咒。这一情景经常出现在巴克的梦中，使它不得安宁。生

存就是这样，无公正可言。一旦倒下，你就完蛋。所以，它要万分小心，决不能让自己倒下。丝毛犬又把它的舌头伸了出来，再一次哈哈笑了起来，从那个时刻起，巴克内心便对它充满着难以平息的痛恨。

卷毛的悲惨遭遇给巴克带来极大的震惊，但没等它从这种震惊中恢复过来，它便遭受了另一个打击。弗兰克斯给它拴上了皮带与扣环。那是一副挽具，它在家里时看见马夫给马套上这种东西。于是，如同它曾见过马劳作那样，它也被迫干活，用雪橇将弗兰克斯拖到峡谷边上的森林里，然后拖回一雪橇的柴火。虽然把它当作拉雪橇的牲畜严重地伤害到它的自尊，但是它很聪明，并没有反抗。尽管干活对于它来说是件新鲜与陌生的事，但它下决心要认真干，尽量干得出色。弗兰克斯是个严厉的人，

他要求他的命令立刻被狗服从，而且靠他手中的鞭
子，它们不得不服从。戴夫是只经验丰富的车辕犬，
只要巴克出了错误，它就会咬巴克的后腿。丝毛犬
是领头犬，同样也经验丰富，虽然它不会老是攻击
巴克，但它时常用尖厉的怒吼斥责它，或者狡猾地
把它的体重都压在挽绳上，将巴克猛地拦在它该走
的道上。巴克轻而易举地学会了这些花招，而且在
它的两个伙伴和弗兰克斯的共同教授之下，它进步
飞快。在他们返回营地时，它已很清楚，"嗬"是停，
"驾"是向前走，走弯路时，转动的幅度要大，当重
载的雪橇冲下山坡时，要避让车辕犬。

"三只狗都非常出色，"弗兰克斯告诉毕罗尔特
说，"特别是那只巴克，它拉起来不要命。而且学得
很快。"

到下午的时候，毕罗尔特急于上路运送他的急

件，回来时又带回了两只狗。它们分别叫"贝里"
与"乔"，是两兄弟，都是血统纯正的爱斯基摩犬。
尽管它们是一母所生，但它们如白天与黑夜那样截
然不同。贝里的一个弱点是它性情太温和，而乔则
截然相反，它脾气坏，性格内向，不停地咆哮，目
光中常常带着恶意。巴克友好地接纳了它们，戴夫
则对它们不理不睬，而丝毛犬则挨个将它们打败。
贝里息事宁人地摇动着它的尾巴，但当它知道息事
宁人的办法不奏效时，便转身跑开。当丝毛犬用尖
牙咬破它的腰侧时，它哭喊了起来（依然是一副息
事宁人的态度）。但是无论丝毛犬如何盘旋，乔都是
用后腿站在地上，迅速转动身子，与它正面相对。
只见乔鬃毛倒竖，耳朵后贴，扭着嘴歪着唇在咆哮，
咆哮过后牙齿立即"咔嗒"一声紧紧咬住，眼睛射
出恶魔般暗淡的光——体现了交战前的心态。它的外

表非常吓人，因此，丝毛犬不得不先打消要教训它一顿的想法。为了掩饰自己的狼狈，它便将目标转向不伤害他人而只会叹息的贝里，把它赶到营地外。

黄昏时，毕罗尔特搞到了另外一条狗，这是一条老爱斯基摩狗，长长的身体消瘦又憔悴，脸上布满厮杀时留下的伤疤，仅剩的独眼展示着荣耀与英勇，迫使大家不得不对它肃然起敬。它名叫索莱克斯，意思是愤怒者。像戴夫一样，它既没有什么要求，也不愿多事，更没有什么期望。它缓慢而谨慎地走到狗群中间时，甚至连丝毛犬都不敢去招惹它。它有一个与众不同的地方，不幸被巴克发现了。它不喜欢别人靠近它瞎眼的一侧。巴克是在无意中发现的，当时索莱克斯绕着它旋转，将它的肩膀上的肉撕裂了三英寸，一直撕到了骨头上，它才初次发现了索莱克斯的弱点。自此以后，巴克始终避开它

瞎眼的一侧，所以它们直到最后都相安无事。而且
索莱克斯就像戴夫一样，唯一的期望就是大家不要
去惹它。但是，巴克后来才知道，它们两个都拥有
一颗致命的野心。

那个晚上，巴克夜不能寐。靠烛光照明的帐篷，
在白色的平原上显得明亮又温暖。当它像往常一样
走进帐篷的时候，毕罗尔特和弗兰克斯却对它破口
大骂，还朝它扔来了锅碗瓢勺。直到它从极度惊愕
中清醒过来，灰溜溜地逃到外面的冰天雪地里为止。
外面刮着阵阵寒风，冷得刺骨，寒风剧烈地噬咬着
它负伤的肩膀。它躺在雪地上，试图睡着，但是寒
霜马上使它从头到脚战栗不止。它满腹凄凉与忧伤，
在帐篷间来回穿行，结果发现到处都是一样寒冷。
不时有野狗朝它扑来，但是只要它倒竖起鬃毛，对
着它们嗥叫（它很快就学会了），它们便放过了它，

没有伤害它。

最后，它想到了一个主意。它要回去看看自己的伙伴们是怎样在寒冷中睡觉的。让它惊讶的是，它们都消失了。它再一次在这片大营地里游荡，四处寻找队友，却无功而返。它们在帐篷里吗？不，不可能在，否则不会把它赶出来。那么，它们可能在什么地方呢？它垂着尾巴，浑身战栗，完全是一副丧家之犬的样子，漫无目的地绕着帐篷转圈子。突然，它前腿下面的雪塌了下去，身子往下陷。它脚下好像有什么东西在扭动，巴克跳了出来，毛骨悚然地嗥叫起来，那看不见、未知的东西让它感到恐惧。但是，一小声友善的吠叫声使它消除了疑虑。巴克回头去看个究竟，一股暖流扑面而来，只见贝里蜷缩在雪下面，身子紧紧地缩成一个球。贝里发出安慰人的呜呜声，并扭动着身子，表示它的善意。

它甚至大胆地用暖暖的、滴着唾沫的舌头舔着巴克的脸，似乎想以此换得和平。

又是一个经验教训，它们就是这样睡觉的。巴克满怀信心地选好地点，接着大动干戈挖了一个洞，过程中还白白浪费了不少力气。顿时，身体的热量充满了有限的空间，它昏昏欲睡了。这一天过得非常漫长，而且艰辛，虽然巴克在噩梦中又是吼叫又是挣扎，但它还是睡得非常香甜，非常舒服。

直到营地里的人们醒来时发出的嘈杂声将它吵醒，巴克才睁开眼睛。起初，它忘了自己在什么地方。昨夜下雪了，它完全埋在了雪里，雪墙从它身体四周挤压着它，它周身一阵恐惧——那是野兽对陷阱的恐惧。这是一种兆头，表明它正在用它自己的生命聆听追忆祖先的生命。以前它是一只开化的狗，一只极度文明的狗，凭它自身的经验，它不知道陷阱，因

此无所畏惧。但此刻，它全身的肌肉阵发性地、本能地抽搐起来，颈部和肩部的毛发竖立了起来，它发出一声狂嚎，纵身朝上一跃，蹿入亮得令人头昏目眩的白昼中，雪在它四周如云朵一般飞散而开。没等它站稳，就看见眼前的一大片白色营地，于是它明白了，它在什么地方，想起了它自与曼纽尔一起去散步到昨晚自己掘洞睡觉所发生的一切。

弗兰克斯一看到它，便大声欢呼。"我没说错吧？"这个赶狗人对毕罗尔特大声说，"这巴克学起来确实非常快。"

毕罗尔特神情严肃地点点头，作为加拿大政府方面的信差与向导，他运送着重要文书，获得最优良的狗是求之不得的事，所以他为拥有巴克而高兴。

在一个小时内，这个小队又增加三只爱斯基摩犬，现在加起来总共有九只狗了。不到一刻钟的时

间，它们都套上了狗具，摇摇摆摆地踏上小路，朝着代牙峡谷走去。出发了，巴克很高兴，虽然工作非常累人，但它并不特别鄙视干活。它惊奇地发现，整个狗队都很迫切，这种心情使得大家充满了活力，这深深地感染了它。但更令人吃惊的是，连戴夫与索莱克斯也变得精神抖擞。它们都是新来的狗，一套上狗具，完全变了样儿，一切被动和漠不关心的神情顿时从它们身上消失了。它们变得很警觉、活泼，迫切希望工作进展顺利。如果因迟缓或混乱而耽搁工作，它们都会非常恼怒，气急败坏。拉雪橇这种苦差，似乎是它们存在的最高表现形式，是它们生存的全部意义，也是唯一令它们高兴的事情。

戴夫是车辕犬（或叫压橇狗），巴克在它前面拉，再前面是索莱克斯，其余的狗都在前面，排成一列纵队单行，丝毛犬占据着领头狗的位置。

　　将巴克安排在戴夫与索莱克斯之间是有目的的，这样，它可以受到培训。巴克是一个合格的学生，而它们同样是合格的老师，途中只要它犯错，它们总是使用尖牙利齿给它上课。戴夫很公正，也很聪明。它从没有无缘无故地咬巴克，而必要时，也决不放过它。由于有弗兰克斯的鞭子作为帮凶，巴克发现悔过自新比报复要容易。一次，雪橇在短暂停留期间，它把挽绳弄乱了，耽误了出发的时间，戴夫和索莱克斯一起扑向它，给它一顿痛打，结果挽绳就乱得更加不可开交。但是自那以后，巴克万分小心，不让挽绳纠缠在一起。所以没等这天结束，它就已经熟练地掌握了工作的要领，它的伙伴们差不多也不挑剔它了。弗兰克斯的鞭子不再那么频繁地响起，毕罗尔特甚至抬起巴克的四脚，仔细查看，让它不胜荣幸。

　　这一天跑得很艰辛，雪橇要爬上代牙峡谷，穿

过希帕营地，经过斯堪尔斯及树林，横跨几百英尺深的冰河和雪堆，还要越过锡尔科特分水岭——这座分水岭矗立在咸水与淡水之间，一脸冷峻地守卫着荒凉和孤独的北方。在进入火山口形成的几个湖里时，他们有了一段愉快的时光，那天晚上，他们驻扎在贝内特湖的大营地，那里有数千个淘金者在造小船，以便春天的冰融化时使用。巴克在雪地上挖好洞，疲惫不堪地睡着了，可是它在黑咕隆咚的寒冷中被早早地驱赶了起来，和它的伙伴们一块儿被套上拉雪橇的挽具。

那天，它们行了四十英里的路程，路上的冰雪都轧得严严实实。但是，第二天以及之后的许多天里，它们就得自己开路前进，工作更加辛苦，进程更慢。通常情况下，毕罗尔特走在队伍前面，他用雪鞋将积雪踩严实，使它们走起来轻松些。弗兰克

野性的呼唤

斯在雪橇方向杆的地方给雪橇导向，两人有时会换个位置，但不是经常换。毕罗尔特很忙碌，他为自己有冰雪方面的知识而自豪，这样的知识是必不可少的，因为秋天的冰非常薄，而在水流湍急的地方，根本就没有一点儿冰。

巴克日复一日地戴着挽具干着苦力，结束似乎是遥遥无期的。队伍常常在黑暗中拔营，在黎明的第一缕曙光出现的时候，他们已经上了路，这时身后已留下了几英里新鲜的足迹，等到天黑之后才安营扎寨。狗群吃完各自的定量的鱼后，就趴到雪里去睡觉。巴克总是一副狼吞虎咽的样子，它每天定量的一磅半大马哈鱼干，不知吃到了什么地方去，它从来就没有吃饱的时候。因此，它始终受着饥饿的煎熬。其他的狗因为身子骨较轻，而且生来就是过这种生活的命，它们只有一磅鱼的定量，却一点

儿也没有不舒服的感觉。

巴克以往的生活使它养成了爱挑剔的毛病，但这种毛病很快就消失了。它原本吃饭很讲究，可是不用多久，就发现它的那些先吃好的伙伴们会抢着吃它还没有吃完的定量。它没法防范。正当它在打退两三个伙伴的时候，鱼便到了另外几个伙伴的嘴里。要弥补这点，它开始和大家一样，狼吞虎咽。而且饥饿强烈地压迫着它，它又不得不去谋取不属于它的食物。它看一看就学会了。派克是条新来的狗，是个狡诈的装病逃差者和小偷。它趁毕罗尔特转过身不注意，巧妙地偷了一片咸肉，第二天巴克也仿效这一行为，并成功地偷到了一整块大肉，大家骚乱了起来。但是没人怀疑到它，而那个笨拙的冒失鬼、常常被逮住的达勃，替巴克受了过。

这初次的偷盗，标志着巴克适合在险恶的北国

环境里生存，也说明它的适应性极强，它具有适应
环境变化的能力。缺乏这样的能力，就意味着迅速
而悲惨的死亡。而且，这还标志着它道德本性的衰
退或分崩离析。这种道德本性在无情的生存竞争中
成了一种虚荣和一种障碍。在南方大陆，在爱与伙
伴关系的法则下，大家尊重私有财产与个人感受。
然而在北国，通行的是棍棒与尖牙法则，谁看重这
样的东西，谁就是傻瓜，如果它遵守爱与伙伴关系
的法则，那么它就不能获得成功。

　　这并不是因为巴克得出了什么结论。归根到底，
是它的适应能力强，在无意识中适应了新的生活方
式。在以往的岁月里，无论情况多么险恶，它从没
有过从战斗中逃跑的历史。可是，那个穿红毛衣的
男人用棍棒在它心中打入了一个更为基本的原始法
则。由于文明的熏陶，它可以为了道德精神而死，

譬如去保护米勒法官的骑鞭。但是，现在它会放弃对道德行为的维护，以此来保全它自己，这证明它彻底丧失了文明。它偷盗，并不是因为偷盗可以给它带来快乐，而是因为肚子在咕咕地叫。它没有明目张胆地抢劫，而是暗中巧妙地进行偷窃，那是因为它想到了棍棒和尖牙法则。总之，它之所以做它所做的事，是因为"做"比"不做"更容易。

巴克的发展（或者说退化）很迅速。它的肌肉变得如钢铁般坚硬，渐渐地对平常的痛苦变得冷漠。它养成了一种体内外相协调的经济系统，不管吃的东西怎样恶心，怎样难以消化，它都能吃下去。并且一旦吃下去，它的胃液便把一丝一毫的养分全部都吸收进去。它的血液把这些养分运送到它身体最遥远的角落，构成最粗壮结实的身体组织。它的视觉和嗅觉变得异常敏锐，另一方面，它的听觉也变

得异常灵敏，睡着的时候，也能够听到最微弱的声音，并清楚这声音代表的是和平还是危险。当冰在它的脚趾间冻结起来的时候，它学会了用牙齿把冰咬出来。它口渴时，如果水洞上面结着厚厚的冰，它会用后腿蹬，再伸直前腿敲击，破开冰层。它最令人刮目相看的本领是能嗅出风向，能提前一个晚上预测到风的动向。不管它是在树旁还是在湖岸边挖洞，无论当时的空气多么沉闷，让人透不过气，它也能找到温暖舒适的下风口，即使刮风，它也能安稳度过。

　　巴克不仅从经验中学到了这样的本领，而且长期失去的本能再一次复活了。几代受驯养的特征从它身上消失。它模模糊糊回忆起它这个物种的幼年时代，回忆起狗的野蛮时代，在它们的那个时代，它们成群结队，穿行在原始森林里，追捕动物，猎

杀食物。学会用牙撕咬以及像狼一样迅捷撕咬的战
斗方式，对它来说轻而易举。它那些被遗忘的先辈
们就是这样厮杀的。这些祖先激活了它内心深处的
古老习性，那些古老的厮杀本领深深地烙印在它这
个物种的遗传特征里，它们的本领便成了它的本领。

这些本领仿佛是与生俱来的，它不用做出努力
或进行什么发现，如今便在它身上呈现了出来。每
个宁静寒冷的夜晚，它翘着鼻子仰望星空，像狼一
般发出长长的嚎叫，正如它早已死去、化为尘埃的
祖先在翘着鼻子仰望星空，像狼一般长长地嚎叫。
这嚎叫穿越了几个世纪，传遍了它全身。它的声调
就是祖先们的声调，这声调表达了它们的忧伤，表
达了它们对寂静、寒冷以及黑暗的理解。

因此，这支古老的歌表达了生命不过是一场受
人摆布的木偶戏。这支古老的歌从巴克内心深处流

过，再一次复原了本来的它。它来到这里，是因为
有人在北方发现了一种黄色的金属，是因为曼纽尔
只是个园丁助工，他的工资养活不了他的妻子与他
许多年幼的孩子。

第三章 野性萌动

巴克身上的原始兽性的支配力非常强大，并且在拖雪橇生活的这种凶险条件下，它的兽性不露声色地日益强大起来。新滋生的狡诈使巴克获得了平衡和掌控感。它忙于适应这种新的生活，并不感觉悠然自得。它不但不去寻事挑衅，而且任何时候都尽可能避免打架。它深思熟虑，不倾向于蛮干和贸然行事。尽管它和丝毛犬之间有着深仇大恨，但它没有流露出急于报仇的心情，而是躲避所有可能的冲突。

另一方面，可能因为丝毛犬把巴克视为对手，因此，它一有机会便向巴克显露它的尖牙。它甚至想方设法威吓巴克，经常竭力挑衅打架，而真打起来，其结果必然是你死我活。

如果没有发生那起不寻常的事故的话，这决斗

也许在这次旅行之初就爆发了。这一天结束的时候，小队在莱巴吉湖的湖畔扎了营，那营地凄凉而悲惨。大雪纷飞，大风如刀一般刺骨，眼前一团漆黑，这一切迫使他们必须摸索一个扎营的地方。境遇可能最惨也不过如此了。他们的身后是耸立的岩壁，毕罗尔特和弗兰克斯不得不点起火，将他们的睡袋铺设在冰湖上。之前为了行动轻便，他们在代牙峡谷把帐篷丢弃了。他们用两三根浮木生了火，火烧到冰上便熄了，最后，他们只能在黑暗中吃了晚饭。

巴克紧挨着岩石下面挖窝，用岩石做屏障，遮风挡雪。那里温暖舒适，因此，当弗兰克斯在火上把鱼烤暖分发给它的时候，它真不愿意离开。当巴克吃完它的那份定量回来的时候，却发现它的窝被占了。一声警告似的咆哮使它明白，侵占者是丝毛犬。以前巴克一直避免与它的敌人发生冲突，但是，

这次让它实在忍无可忍。它体内的兽性使它发出了怒吼，它一阵狂怒，猛地扑到了丝毛犬身上。这使得它们俩都吓了一跳，尤其是丝毛犬，因为以往与巴克相处的所有经验都告诉它，对手是一只异常胆小的狗，它能保住自己的性命，完全是因为它有一副强壮与高大的身躯。

弗兰克斯也吓了一跳，只见两条狗从乱作一团的窝里一跃而出，他心想，这究竟是怎么回事？"啊——啊——嚯！"他冲着巴克喊，"天哪！让它去！让它去，那个肮脏的小偷！"

丝毛犬反应也同样敏捷。它又气又急地乱叫，来回绕着圈子，伺机进攻。巴克也同样急于进攻，机警地等待着有利的时机，不停地来回绕圈。就在此时，出乎意料的事发生了。这件事使它们把这场地位高低的争夺战推迟到遥远的将来，还要经过许

多英里的跋涉和劳役之后再开始。

毕罗尔特大骂一声，木棒又重又响地落在了一个瘦骨嶙峋的躯体上，一声痛苦的尖叫声响起，一场混战随即爆发。它们的营地上突然出现了鬼头鬼脑的毛茸茸的畜生——一群饿得半死的爱斯基摩犬，有近百只，它们不知从哪个印第安村庄嗅到了这个营地。当巴克和丝毛犬打架的时候，它们就已经偷偷地靠近，并且，当这两个男人挥舞着粗壮的木棒在它们中间跳来跳去的时候，它们露出犬牙，进行反击。食物的香味让它们兽性大发。毕罗尔特看到一只狗把头伸进了食物箱，木棒便重重地落到了它瘦削的身上，食物箱被掀翻了。顿时，近二十只饥肠辘辘的畜生一同扑向面包和咸肉。棍棒打在它们身上都全然不知。木棒像雨点般落在它们身上，它们又嗥又叫，但仍然在拼命抢着吃，直至将最后一

块面包吞食干净为止。

　　与此同时，雪橇队的狗群被吓得早已冲出自己的窝，但也只是成了凶猛的入侵者的攻击目标。巴克从没看见过这样的狗，仿佛它们瘦得骨头都要从皮毛下伸出来了。它们都只剩下一具松散的骨架，装在又湿又脏的皮毛里，它们的眼睛冒着火，獠牙上滴着唾液。饿到发狂的它们，变得恐怖，势不可挡。谁也抵抗不了它们。雪橇队的狗在第一个回合就全部被赶到悬崖下。巴克被三只爱斯基摩狗包围在中间，刹那间，它的头和肩部被撕裂了。喧嚣声非常可怕。贝里一如从前啼哭了起来，戴夫和索莱克斯虽然身上有二十多个地方在滴血，但还在勇敢地并肩作战。乔像恶魔那样狂吠着，有一次，它的牙齿咬住了一条爱斯基摩狗的前腿，并把它咬住的前腿骨咬了个粉碎。装病逃差的派克便纵身扑到那

只瘸腿的狗身上，只见它牙齿间一缕闪光，它再猛一拉一扯，对方的脖子就被咬断了。巴克咬到一只口吐白沫的狗的咽喉，当它的牙齿刺进敌人的咽喉里时，对手的血喷了它满头满脑。它嘴里感到了热乎乎的血，这味道使它变得更加凶猛。于是，它又朝另一只狗扑去，同时却感到自己的咽喉被咬了一口。原来是丝毛犬，它竟奸诈地从侧面偷袭它。

毕罗尔特与弗兰克斯已经清理好他们所待的那部分营地，匆忙赶来救他们雪橇队的狗。饿慌的野兽黑压压地朝他们跟前涌来，巴克挣脱出身来，但只挣脱出了一小会儿。两个男人被迫跑回去保护食物，爱斯基摩狗又回去袭击雪橇队的狗。贝里恐惧中生出一股勇气，冲出野狗的包围圈，从冰上逃走了。派克与达勃紧跟其后，雪橇队其余的狗也都跟了上去。正当巴克站起身，跟着它们逃跑的时候，

眼睛余光却看见丝毛犬正朝它冲撞过来，明显想将它掀翻。一旦被掀翻在地，那群爱斯基摩狗就会压上来，那么，它就完蛋了。于是它鼓足劲，顶住丝毛犬的冲撞，转身便加入了湖上逃跑的队伍。

后来，它们九条狗聚集在了一起，在森林里寻找隐蔽处。虽然没有狗在追赶它们，但它们的状况非常凄惨。没有一条狗身上不受四至五处伤的。有几只伤势很严重：达勃的一条后腿严重受伤；杜利是最后一只在代牙峡谷加入这个队的爱斯基摩狗，它的咽喉被撕裂得厉害；乔失去了一只眼睛；而温顺的贝里一只耳朵被咬了个稀烂，整夜又叫又哭。破晓时分，它们小心谨慎地瘸着回到营地，发现掠夺者已离去，剩下那两个男人一副气急败坏的样子，因为他们足足损失了一半的食物。那些爱斯基摩狗把雪橇的绳子及帆布盖都咬得粉碎。事实上，尽管

有些东西根本不能食用，但它们看见什么就吃什么，几乎没有东西幸免。它们把毕罗尔特的一双驼鹿皮鞋吃了，把挽绳上的一块块的皮吃了，甚至把弗兰克斯皮鞭尖头上的两英尺鞭子也给吃了。弗兰克斯从暗自神伤中回过神来，开始仔细查看那些受伤的狗。

"啊，我的朋友，"弗兰克斯温柔地说，"被咬成这个样子也许让你们气疯了吧。全都要气得发疯了吧！天哪！你说呢，毕罗尔特？"

向导迟疑不决地摇了摇头，由于从那里到道森还有四百英里的路途，他可不能让他的狗气疯啊。两个小时里他们一边骂骂咧咧，一边拼命干活，终于把挽具理出了个头绪，伤痕累累的狗队再次上路。狗队在痛苦中挣扎着前行，这是他们所遇到的最艰难的一段旅途，也是他们到道森前最艰苦的路程。

　　三十里的河面宽广开阔。河面上没有冰冻，只有在漩涡和河水平静的地方，才结了冰。要走完那可怕的三十英里路程，需要拼命奔波六天。说那路程可怕，是因为每迈出一步，都是在冒着生命危险。毕罗尔特在前面开路，他十多次踏破冰桥，靠手中拿着的长杆才侥幸得救。他横拿着长杆，每次他身体跌入冰洞里，长杆就横在冰洞的上面。但是天气寒冷至极，温度计上显示气温为零下五十摄氏度，因此，每次毕罗尔特破了冰，都不得不为了活命而生火，把衣服烤干。

　　毕罗尔特真是无所畏惧。正因为什么也吓不住毕罗尔特，他才被政府选为快信信使。毕罗尔特不惧任何危险，毅然昂着他那张枯瘦的小脸蛋走进冰天雪地里，从天蒙蒙亮一直到天黑。毕罗尔特脚踩在河边的冰上，沿着崎岖不平的河岸向前走去，河

边的冰在脚下凹陷，并噼噼啪啪地作响，他们不敢
在上面久留。有一次，戴夫和巴克连着雪橇一同陷
入了冰水里，等它们被拖上来时，它们被冻得半死，
几乎被淹死。必须像平时那样，生火抢救它们。它
们浑身都是硬邦邦的一层冰，那两个男人驱赶着它
们围着火不停地跑步，直至它们跑得大汗淋漓，冰
霜融化，它们因为离火太近，皮毛都被火给烤焦了。

　　还有一次，丝毛犬掉了进去，把巴克前面的狗
全都带了下去，巴克拼尽全力使劲往后拉住，它的
前爪已站在滑溜溜的冰洞边上，四周的冰开始颤动，
噼啪乱响。它身后还有戴夫，也在竭力往后拉，雪
橇的后面是弗兰克斯，竭尽全力拉住，拉得筋骨都
在"咯咯"作响。

　　这时，前后边缘的冰再一次破裂，于是，除了
爬上悬崖就没有任何出路了。毕罗尔特奇迹般地爬

上了悬崖，弗兰克斯心中正在祈求这样的奇迹发生。于是，他们用所有的皮带和雪橇捆扎绳和最后的一点儿挽绳编成一根长绳子，狗被一只一只地吊到了悬崖顶上。弗兰克斯、雪橇与货物最后上去。之后便是寻找下悬崖的路，最终，他们还是借助绳子下了悬崖，晚上又回到了河上，这天他们只走了四分之一英里的路。

当他们走到胡塔林卡，走上坚硬的冰面时，巴克已精疲力竭了，其他的狗也同样精疲力竭了。但是，毕罗尔特为了弥补失去的时间，逼着狗队起早贪黑赶路。他们第一天走了三十五英里，到达大萨尔门；第二天行了三十五英里，到达小萨尔门；第三天走了四十英里，离五指城很近了。

巴克的脚掌不同于爱斯基摩狗的脚掌，脚趾并不合紧，不结实。自从它的野蛮祖先被洞穴人及河

居人驯服的时候起，又经过了许多代，它的脚掌早已变得柔软。它整天在痛苦中蹒跚，一扎下营，它就像死狗那样倒头躺下。虽然它饿得发狂，但也不愿挪动身子去拿它的定量鱼食，弗兰克斯不得不把鱼拿给它。另外，这位狗车夫每天在晚饭以后都为巴克按摩半小时的脚，甚至还牺牲他的鹿皮鞋的面，为巴克做了四只皮鞋，这给它减少了不少的痛苦。但是有一天早晨，弗兰克斯忘了给它套上皮鞋，巴克仰卧在地上，四只脚在空中摇晃发出请求，不给它穿上皮鞋，就不起身。这让毕罗尔特那张枯瘦的脸都扭动了起来，不禁咧嘴笑了。后来，巴克的脚掌变硬了，慢慢地适应了山路，破损的皮鞋也被扔掉了。

一天上午，当他们在佩利河费力行进的时候，杜利突然发狂，它之前从没在任何事情上有过与众

不同的举动。大家从它鬼哭狼嚎般的一声长叫中明白，它疯了。听到它的叫声，每条狗都感到毛骨悚然。叫罢，它便径直地朝巴克扑来。巴克从没有见过疯狗，也不知道为什么要害怕。可它清楚的是，一阵恐惧吓得它拼命逃跑。它拔腿往前飞跑，而杜利气喘吁吁、口吐白沫地在后面追赶，只距它一步之遥。巴克吓得魂飞魄散，所以杜利也不可能追得上它。而杜利这时已疯狂至极，所以巴克又不能摆脱得了。它一头冲进岛上树木茂盛的密林中心，朝着地势低的一头飞奔而下，越过一条满是粗糙冰块的小河道，来到了另一座岛，然后，又上了第三座岛，从这座岛它又绕回大河，拼命横渡这条河。它一直没敢回头去看，但总能听到杜利就在它身后吼叫。弗兰克斯在四分之一英里远处叫它，于是，它加快了折返的速度，它还是领先了一步，痛苦地大

口喘息，把所有的希望都寄托于弗兰克斯能够营救它这一点上。狗车夫手拿斧头，当巴克如梭般地从他身前经过后，斧头便重重地砸在了疯狗杜利的脑袋上。

巴克跌跌撞撞地走到雪橇旁，身体靠在雪橇上，它已精疲力竭，"呼哧呼哧"地喘着粗气。这给了丝毛犬天赐良机，它立刻扑向巴克，牙齿两次朝它毫无抵抗能力的仇敌身上咬去，把对方的肉撕咬了下来，一直咬进了骨头里。这时，弗兰克斯的鞭子落了下来，这一鞭非常重，队里的其他狗都没有挨过这样重的鞭打，看到丝毛犬挨鞭子，巴克真是心满意足。

"那条丝毛犬，是个恶魔，"毕罗尔特评论说，"总有一天它会要了巴克的命。"

"那只巴克才是个魔中之魔，"弗兰克斯反驳说，

"我一直在留意那个巴克，可以肯定这一点。瞧吧，总有一天它会发起疯来，把丝毛犬咬个稀巴烂，然后再把它的骨头吐出来，吐在雪地上。我知道，会这样的。"

从那时起，它们俩之间就进入了战争状态。丝毛犬作为大家所公认的领头狗，深感自己至高无上的地位受到这条与众不同的南方狗的威胁。它感到巴克与众不同，是因为在很多它曾认识的南方狗中，没有一条狗在野营及长途跋涉中有过出色的表现。它们都非常软弱，在劳苦、霜冻和饥饿之中死去。而巴克是个例外，只有它拥有巨大的忍耐力，并且取得了成功，而且在力量、野蛮及狡诈这些方面可与爱斯基摩狗相媲美。再说，它是一条有领导能力的狗，丝毛犬感到它的危险之处在于，那个穿红毛衣的男人手里的木棒已将巴克盲目的支配欲及

蛮干打掉了，使它变得狡猾无比，而且在伺机行事时表现得极有忍耐力，这种忍耐力具有远古的原始特征。

争夺领头狗的地位，不可避免会引发一场冲突。巴克想得到这个地位。它想成为领头狗，这是它的天性使然，因为它的心中紧紧攥着一种骄傲，一种戴挽具和拉雪橇的那种无以名状又难以理解的骄傲。正是这种骄傲，使狗在劳苦中能坚持到最后一口气，就算丢掉性命也是快乐的，一旦被剥夺了这种劳作，它们会心痛欲裂。这是戴夫作为车辕狗的骄傲，是索尔莱克斯竭尽全力拖车的骄傲。它们正是怀着这种骄傲努力拔营，并将它们从脾气乖戾、闷闷不乐的牲畜变成了使劲拉物、充满热情、野心勃勃的生物。这种骄傲整天都在鼓舞着它们，一直持续到晚上扎营，然后，它们又变成了郁郁寡欢、烦躁不满

的狗。正是这种骄傲支撑着丝毛犬，支持着它去痛打那些犯错、逃避责任或者在早晨该起来干活时躲躲藏藏的狗。也是这种骄傲，使它担心巴克取代它成为领头狗。而且，巴克也怀有这种骄傲。

巴克开始公然地威胁丝毛犬的领袖地位。它拦住丝毛犬，不让它去惩罚那些本该受到惩罚的逃避者。它是故意这么做的。

有一天晚上，下了一场大雪。第二天早晨，经常装病逃避的派克没有出现，它心安理得地躲在雪地下一英尺深的巢穴中。任凭弗兰克斯叫唤它，寻找它，都无济于事。丝毛犬愤怒至极，怒气冲冲地搜遍整个营地，在所有可能的地方又嗅又挖，它的噪声吓人，派克在躲藏的地方听了更是浑身战栗。最终它还是被发现了，但是当丝毛犬扑向它要惩罚时，巴克也同样怒不可遏地扑过去，挡在它们俩的

中间。这是丝毛犬没有料到的，而且巴克干得又很漂亮，把丝毛犬向后掀倒在地上。瑟瑟发抖的派克看到这突然的变故，顿时为之一振，跳起来扑到了被掀翻的领头狗身上。对巴克而言，此时公正已被抛到脑后，于是，它也扑向丝毛犬。弗兰克斯见状，暗自觉得好笑，但他还是始终不渝地主持了正义，使尽全力用鞭子朝巴克抽去。这没能将巴克从被它趴倒的对手身上赶开，弗兰克斯只好用鞭把子打它，巴克被打晕了头，向后倒去。鞭子一次又一次地落在它身上，与此同时，丝毛犬给了多次犯错误的派克好一顿教训。

接下来的几天日子里，随着道森越来越近，巴克不断地横插在丝毛犬和犯错者之间。不过，它做得非常巧妙，常常趁弗兰克斯不在的时候动手。由于巴克的暗中反抗，出现了全体雪橇犬不顺从的

现象，而且程度正在加剧。戴夫和索尔莱克斯没有
受到影响，但是其余的狗越来越不像话了。情况很
不正常，队伍里面不时发生争斗和吵闹。时时酝酿
着麻烦，而其根源是巴克。它害得弗兰克斯忙这忙
那。因为这位赶狗夫始终担心，这两只狗之间会爆
发一场你死我活的战争，他清楚，这样的事迟早会
发生。不止一个晚上，他一听到其他狗发生争吵
时，马上就会穿着睡衣起身，担心是巴克与丝毛犬
在打架。

　　但是，这样的对决始终没有来临，直到他们在
一个沉闷的下午驶进道森时，那场生死较量也没有
发生。道森有很多人，还有数不清的狗，巴克看到
它们全都在干活，让狗干活似乎成了天经地义的事。
白天，它们排着长长的队伍在大街上摇晃着身子来
回奔跑。夜晚，一路上依然响着叮叮当当的铃声。

它们拉着搭小屋的原木和木柴运往矿井，干着在圣克拉拉峡谷马儿们干的活儿。南方狗在这里随处可见，它们大部分都是野狼般的爱斯基摩犬。每晚在九点、十二点及凌晨三点，它们常常会吟唱一曲夜歌，那是一种神秘、奇怪的叫喊，巴克愉快地加入了歌唱的队伍。

北极光冷漠地在头顶上放光，繁星在霜花中起舞，大地在白色的大雪覆盖下麻木地冻住了，因此，爱斯基摩犬的这种歌也许是对生活的一种反抗，只是它的调子太低沉，还夹带着长吁与短叹，听来更像是对生活的哀叹，是对这种辛苦劳作的诉说。这是一首古老的歌，如同爱斯基摩犬这个品种一样古老。这是一个年轻世界的最初的歌，那时的歌全都充满着忧伤，表达了无数代狗的悲哀。这种悲哀使巴克的心莫名骚动起来。当它呻吟、啜泣的时候，

它倾诉着生活的痛苦，那也是古老的痛苦，是它野蛮父辈的痛苦，巴克怀着它与父辈对寒冷与黑暗所共同感受到的恐惧及神秘，呻吟着、啜泣着。它的内心受到触动，这标志着它已跨越火与房的年代，回到了嗥叫时代的原始生命状态。

到达道森七天后，他们又沿着巴勒克斯陡峭的河岸来到育空雪道，朝着代牙峡谷与盐水城出发。毕罗尔特携带着重要信件，信件比他所带的任何东西都要重要。他也同样怀着骄傲之情，并且他的目的是创造这一年的旅行纪录。要创纪录，有几个方面对他有利。一个星期的休息已经使狗儿们恢复了健康，精神面貌焕然一新。而且进入这个国家的道路被后来者们踩得很硬，他们行动就更轻便了，并且警方已经在两三个地方为狗与人安放了食物。

第一天，他们跑了五十英里，抵达六十里河；

第二天，他们飞速奔驰在从育空去佩利的途中。但
是，这样没命地跑对弗兰克斯来说，是个大麻烦。
由巴克带头的暗中反抗已经破坏了整个团队的凝聚
力。拖雪橇时，它们不再协调得像一条狗在奔跑向
前那样。巴克怂恿着反抗者，使它们犯各种各样的
小错误。丝毛犬再也不是令人毛骨悚然的领导者。
以前的敬畏消失了，它们都开始与它平起平坐，挑
战它的权威。

　　派克在一个晚上抢了丝毛犬的半条鱼，并在巴
克的保护下，把掠夺物一口吞到了肚里。又有一个
晚上，达勃与乔联合反抗丝毛犬，使它放弃了对它
们应该进行的惩罚。甚至连性情温和的贝里也变得
不那么温和了，也不像从前那样爱哭。巴克每次走
近丝毛犬，都是一副咆哮、毛发竖立的吓人样子。
事实上，它的行为举止与恶狗没有什么差别，而且

它喜欢在丝毛犬的眼前大摇大摆地来回走动。

另外，纪律被破坏也影响了狗之间的关系。它们之间发生争吵的次数越来越多，有时直吵得整个营地一片狂吠喧天。只有戴夫与索尔莱克斯依然如故。尽管如此，它们也被无休止的争吵弄得心烦意乱。弗兰克斯骂着奇怪粗野的脏话，在雪地里跺着脚，发着无济于事的火，气得直揪自己的头发。他的鞭子常常在狗群中噼噼啪啪地响，但是丝毫不起作用。他刚一转身，它们又吵开了。他用鞭子给丝毛犬撑腰，而巴克成了这个队伍其余狗的支撑。弗兰克斯清楚，一切麻烦都是由它造成的，而巴克也知道弗兰克清楚这一点。可是巴克聪明绝顶，因此，在捣乱时再也不会让人发现。它依旧拼命干活，因为这已经成了它的快乐。可是，暗中唆使伙伴之间突发战争，使挽具缠绕在一起，是它更大的快乐。

　　有一天晚上，吃过晚饭后，达勃在塔克那河口发现了一只雪兔，它冒冒失失，把雪兔给弄丢了。瞬息之间，全队都拼命嗥叫起来。百码远的地方是西北警察的营地，有五十条狗都是爱斯基摩犬，它们也加入进来，一起追赶雪兔。雪兔朝河里飞速跑去，掉头拐入一条小溪，跑上小溪冰冻住的河床。雪兔轻盈地在冰雪面上飞跑，而群狗奋力追赶。巴克带领着狗队——六十只身强力壮的狗，绕过一个个弯，但它没有追上兔子。在苍白暗淡的月光下，巴克压低身子拼命跑，嘴里发着迫切的低吟，它漂亮的身躯一步步跳跃向前，如闪电一般。雪兔就像一个苍白的冰雪幽灵，在前面闪动。

　　骚动的古老本能在特定的时候驱使人类从繁华的城市走进森林里，走上草原，为的只是用铅弹去猎杀动物，那是一种杀戮欲，一种杀害生物的快感，

这些巴克也都拥有，它发自内心的感受更加强烈。它跑在狗队之首，追捕着野兽，那是鲜活的肉，它想要用牙齿亲自将野物杀死，并当着野物的面，在其热血中抹嘴巴。

有一种狂喜，标志着生命达到顶峰，即使生命本身也无法超越。这就是生活的自相矛盾，这种狂喜出现在你最充满活力的时候，而它出现时又会让你彻底忘记自己的存在。这种忘我的狂喜，出现在艺术家的身上时，他会忘情于一片火海，不能自已；出现在士兵的身上时，他会在尸体遍地的战场上杀红眼，不愿表现出丝毫宽恕；出现在巴克身上时，它带领狗群，发出老狼般的嗥叫，拼命追赶活的猎物，而那活物敏捷地在它前面逃跑，穿梭于月光下。巴克的本性从最深处发出叫声，其深远的程度可以追溯到时间的起源。它心中涌现着汹涌的生命力和

生存的浪潮，它每块单独的肌肉、每个关节、每个肌腱都充满了极大的快乐，因为一切都与死神无缘，一切都闪着光辉，充满着生机，一切都在巴克的动作里表现了出来。当它欢欣鼓舞地飞跑在星光下，掠过一动也不动的死寂之物的时候，流露出活着的欢乐。

可是，丝毛犬即使在极度亢奋的情绪下都能保持冷静与缜密。它离开大队狗群，抄近路抄过一条隘路，小溪在此拐了一个长长的弯。巴克不知道这一点，它绕过长弯，雪兔幽灵依然在它前面飞跑，正在这时，只见一只更大的冰雪幽灵从高高的岸上跃到雪兔的前面。原来是丝毛犬。兔子来不及掉头，当白色的尖牙在半空咬断它的背脊的时候，它大声地惨叫起来，如一个被袭击的人在尖声叫喊。这是生命从生命顶峰坠落死神魔掌中的呐喊！听到这声

音，跟在巴克身后那大群的狗一同欢呼雀跃。

巴克没狂叫，它没有压制自己，而是朝着丝毛犬冲撞过去，它用劲太大，反而只擦到了肩膀，没有咬住对方的咽喉。它们在纷飞的雪地上翻来滚去。丝毛犬倒下后马上又站了起来，好像没有被撞倒过，它朝巴克的肩部咬去，然后纵身跳开。丝毛犬连续两次用像陷阱钢夹一样的牙齿咬住巴克，一边往后退去，一边寻找有利的位置，嘴里发出咆哮。

霎时间，巴克明白了，是时候决战了。见死神的时候到了。它们俩嘴里都在低噪，不停地绕着圈子，耳朵奄伏着，警觉地等待有利的时机，巴克觉得这样的场面似曾相识。它仿佛想起了一切——那白色的树林、大地、月光还有战斗的激奋。阴森可怕的宁静笼罩着这片雪白和沉寂，空气中没有丝毫的声响——没有东西在动，没有一片叶子在颤抖，狗

的气息在空气中慢慢地腾升，清晰可闻，在寒冷的空气中久久地逗留。这些狗就是一群没有驯养的狼，它们在短时间内就把那只雪兔给解决了。而现在，它们带着期盼，将巴克和丝毛犬围在一个圆圈中，它们也默不作声，眼睛闪出微弱的光，呼出的气息慢慢升腾飘散。

巴克觉得，这场面，这古老的场面，并不新鲜，也不陌生。似乎这场面——这种司空见惯的场面与解决方式亘古不变。

丝毛犬是久经沙场的斗士。从斯匹次卑尔根到北极，再穿过加拿大和北美洲白仑沙土灌木地，它都顽强地坚持了下来，成功地获得了狗的领导地位，控制它们。虽然它火气冲天，但从没有无缘无故地发火。丝毛犬怀着撕咬和破坏的激情，但它决不会忘记，它的敌人也怀着同样的激情。它只有在自己

做好能经受冲撞的准备时，才发起冲撞。只有在它首先能防守住攻击时，才发起攻击。

巴克竭力想把它的牙齿咬进大白狗的颈部，但一切都枉然。它伸出犬牙无论朝什么地方的软肉咬去，都遭到丝毛犬尖牙的反击。尖牙与尖牙猛烈碰撞，嘴唇破了，鲜血直流，但是，巴克无法攻破敌人的防卫。接着，它跑动起来，将丝毛犬包裹在电掣般的旋风中。它一次次地朝雪白狗的咽喉咬去，生命就在咽喉附近的表皮下流淌，但是丝毛犬每一次都猛烈回击它，逃开了。于是，巴克便冲撞起来，佯装以咽喉为进攻目标，但它突然缩回它的头，从侧面绕过去，想像公羊那样，用肩膀冲撞丝毛犬的肩膀，将它撞翻在地。但是每一次，丝毛犬都轻松地跳开，反而巴克的肩膀每次都遭到撕咬。

丝毛犬毫发未伤，而巴克已鲜血直流，气喘吁

吁。战斗渐渐变成了殊死搏斗，而野狼般的狗群围成圆圈，一直在默默地等待，不论结果是哪条狗倒下，它们都将上来一起将它消灭干净。当巴克上气不接下气的时候，丝毛犬发起了攻势，巴克被揍得站立不稳，直打趔趄。有一回，巴克差点晕了过去，六十条狗的大部队都跳了起来。但是，它几乎在半空中就恢复了过来，于是，狗群又蹲下去等待。

巴克还拥有一种了不起的特质，那就是想象力。它凭借本能战斗，但是它也能凭借智慧战斗。瞧它向前冲去，似乎在采用之前的撞肩把戏，但是到最后一瞬间，它压低身子朝雪地上扑去。它的牙齿咬住了丝毛犬的左前腿。只听到嘎吱一声，脚骨断了，站在它面前的那条白狗只剩下了三条腿。巴克尝试了三次，想把它击倒，于是重复前面的诡计，咬断了丝毛犬的右前腿。丝毛犬不顾巨大的疼痛与缺腿

的不便，拼命坚持不倒下。丝毛犬看到那圈默默无声的群狗眼睛迸发着暗淡的光，伸着舌头，白色的气息在空中缓缓上升，包围圈慢慢缩小，就如它在过去曾看到类似的狗圈朝着被打败的对手缩小包围圈那样。只是这一回，被打败的一方是它自己。

　　丝毛犬没有希望了。巴克是无情的。慈悲这东西是为更文明的地方而准备的。巴克发起了最后冲击。狗的包围圈不断收紧，直到它感到爱斯基摩狗的气息就在附近。巴克能看到这群狗，它们在丝毛犬的背后和两侧，半蹲着身子，准备跳蹿起来，眼睛紧盯着丝毛犬不放。一切好像静止了。每个动物犹如变成了石头，静止不动了。只有丝毛犬在来回打趔趄，它浑身发抖，毛发竖直，嗥嗥吼叫着，发出了吓人的怒吼，好像想把即将到来的死神吓跑。巴克这时跳上去，又跳开去。但是，当它跳上去时

双方的肩膀撞在了一起，丝毛犬终于消失在狗圈之中，黑压压的狗群圈在洒满月辉的雪地上汇聚成了一个黑点。巴克站在一旁观望，它是胜利的斗士，它体内的原始野兽不仅完成了杀戮，而且还从杀戮中获得了快乐。

第四章 鹿死谁手

"嗯，我怎么说的？我说那只巴克是魔中之魔的时候，我说的是实话。"

第二天早晨，当发现丝毛犬不见了，而巴克却浑身是伤，弗兰克斯说了这话。他把巴克拉到火旁，借着火光，检查它身上的一道道伤痕。

"那条丝毛犬打起架来不要命。"毕罗尔特一边说，一边查看巴克身上一道道张开的伤口和裂痕。

"而巴克得拿出要拼上十条命的架势打。"弗兰克斯回击说，"现在好了，我们日子太平了。没有丝毛犬，就不再有麻烦了，那是肯定的。"

当毕罗尔特将野营装备收拾好，装上雪橇的时候，赶狗夫给狗套上挽具。巴克急步小跑到丝毛犬

原来当领头犬的位置上，但是弗兰克斯没有注意到
它，反而把索尔莱克斯带到大家垂涎欲滴的位置。
根据他的判断，索尔莱克斯是剩余的狗中最合适的
领头狗。巴克狂怒中向索尔莱克斯扑过去，把它赶
了回去，自己站在它的位置。

"哦？哦？"弗兰克斯兴奋地拍打着自己的大腿，
大声喊了起来，"你瞧巴克。它杀了丝毛犬，想替代
它的工作。"

"滚开，狡猾的家伙！"他大声喊道，但是巴克
纹丝不动。

弗兰克斯抓住巴克的颈部，不管巴克在威胁地
怒吼，还是把它拖到一旁，让索尔莱克斯取代了它
的位置。那条老狗对此并不高兴，明显地表示它害
怕巴克。弗兰克斯很顽固，但是他一转过身，巴克
再一次替换了索尔莱克斯，而索尔莱克斯也很愿意

离开。

弗兰克斯生气了。"该死的，让我来收拾你！"他一边叫喊，一边拿了一根粗木棒回来。

巴克想起了那个穿红毛衣的男人，于是，它慢慢地向后退。当索尔莱克斯被再次带到领头的位置上时，它也不想冲上去。它只是在棍棒打不到的地方绕圈子，怀着憎恨与愤怒咆哮着。在转圈子的时候，它眼睛留意着那根棍棒，万一弗兰克斯甩出棍棒，它就可以躲开。因为棍棒的规则，它已经摸得很透。

赶车夫继续去忙他的活儿，于是他招呼着巴克，准备把它安排在戴夫前面的老位置上。巴克向后倒退了两三步。弗兰克斯走近它，而它却再一次后退。他们就这样僵持了好一会儿，然后，弗兰克斯想到巴克害怕挨棍棒打，便扔掉了木棒。可是，巴克是

在进行公然的反抗。巴克不是为了逃避一场棒打，而是为了拥有领头权。按理说，这领头权应该属于它。这是它赢得的权力，没有坐上这个位置，它是不会满足的。

毕罗尔特也来帮忙了。他们俩轮流追赶它，足足追了一个小时的时间。他们朝巴克掷棒子，它躲开。他们咒骂它，甚至连它的祖宗十八代、它的子子孙孙千秋万代以及它身上的每一根毛发、它血管里的每一滴血液全部都给骂了进去。而巴克只用嗥叫来回答他们的咒骂，并继续躲着他们。巴克没有想逃跑，只是不断绕着营地后退，清楚地表明，只有在它的愿望得以满足的时候，它才会乐意归队，乖乖地干活。

弗兰克斯坐了下来，搔着头皮。毕罗尔特看了看手表，骂起娘来。时间在飞逝，他们本该在一个

野性的呼唤

小时前就上路了。弗兰克斯又一次搔起了头皮，他摇了摇头，不好意思地向信使咧嘴笑笑，信使耸耸肩，表示他们输了。于是，弗兰克斯走到索尔莱克斯站着的地方，呼唤着巴克。巴克哈哈笑起来，露出了狗的那种笑，但它还是不敢靠近。弗兰克斯松开索尔莱克斯的挽具，让它回到了之前的位置上。整个狗队戴着拖雪橇的挽具，一个挨一个地排成整齐的队列，准备上路。除了领头的位置以外，中间没有巴克的空位。弗兰克斯又呼喊了一次，而巴克再次笑着没有靠近。

"把棍棒扔掉。"毕罗尔特用命令的口气说。

弗兰克斯照做，于是，巴克胜利地哈哈笑了，一溜小跑地加入队列里，掉转身子站在了队列最前方的位置上。给它固定好挽具，雪橇便出发了，飞一般地冲出去，冲到河道上，两个男人在旁边飞跑。

尽管赶车夫曾高估巴克，说它是个魔中之魔，但是在这天还没结束的时候，他就发现自己低估了它。巴克纵身一跳，毅然承担起领导的职责，而且在需要判断、迅速思考与快速反应的地方，它表现得非常出色，甚至比丝毛犬还要出色，而弗兰克斯以前从没有看到过，有哪条狗是可以与丝毛犬相媲美的。

而且，在制定法则并强迫它的伙伴遵守法则的方面，巴克比丝毛犬更出色。戴夫和索尔莱克斯对领导者的变化并不在意。这不关它们的事。它们关心的就是干活，戴着挽具使劲地干活。只要不妨碍干活，它们都不在意，管它出什么事。性情温和、遵纪守法的贝里，也是一副事不关己的神情。不过，队里其余的狗在丝毛犬领头的最后几天里，已变得很难驾驭，看到巴克上前舔它们，让它们站好队的

时候，惊讶极了。

派克的位置就在巴克的身后，它不在万不得已时决不愿意多使出一丁点儿的力气，于是，它因偷懒而受到很多的惩罚。在第一天结束之前，它使出全力拉车，那是它一辈子都没有过的事。

第一个晚上，在扎营的时候，坏脾气的乔受到了狠狠的惩罚——这是丝毛犬从没有办成功的事。巴克仅仅凭借自己的体重优势就压住它，使它透不过气来，直压得它嗥不出声，开始求饶为止。

全队的情绪立即振作起来，恢复了以往的团结一致。拉雪橇时，它们步调一致就如一条狗一样。在林克湍滩，又增加了两条当地的爱斯基摩狗，分别是梯克与柯纳，巴克迅速使它们融入了这个队伍中，这一点让弗兰克斯惊得目瞪口呆。

"从没有过像巴克这样的狗！"他高喊道，"从没

有过！它肯定价值连城！嗯？毕罗尔特，你说呢？"

毕罗尔特点点头。队伍的速度已经打破了纪录，而且一天天地在提高。道路状况良好，结实坚硬，而且没有下雪，不必应付新下的雪。气温不是太冷，温度降至零下五十摄氏度后，一路上就没有再往下降。两个男人相互轮换着坐车与跑步，狗儿们始终在飞跑，只是偶尔停车。

相比较而言，那条三十里河上冰雪覆盖，进来时他们花了十天时间，而这次返回，他们只用了一天。他们曾一口气跑了六十英里的路，从莱克莱巴治的脚下一直跑到了白马湍流。穿过（七十英里的湖泊地区）马希、塔治希和贝内特，他们飞驰向前，使得轮到跑的男人拉着绳子末梢在雪橇后面被拖着走。

第二个星期的最后一个晚上，他们越过高高的

怀特山道，深入到大海的斜岸，看到了他们脚下的斯卡圭及航船的灯光。

这是创纪录的旅行。十四天来，他们平均每天走四十英里的路。在斯卡圭的三天日子里，毕罗尔特与弗兰克斯昂首阔步地行走在大街上，人们纷纷请他们一块儿喝酒，同时，狗队也成为大批喜欢与狗玩耍的人的焦点，他们向狗儿们投来了敬佩的目光。

后来，三四个西部坏家伙决心洗劫这个镇子，最后只落得个浑身中弹、被打成筛子的下场，于是，公众的兴趣转向其他的崇拜偶像。接着，传来了官方的命令。弗兰克斯把巴克叫到跟前，用双臂搂着它，哭了起来。之后，巴克就再也没有见到弗兰克斯和毕罗尔特。就像其他的人，他们从巴克的生活中永远消失了。

一个苏格兰混血儿接手管理它及它的伙伴们，它们与其他十多支狗队一起，开始了返回道森的艰辛旅程。现在，它们身后拖着沉重的物品，每天都在艰苦地劳作，不能轻松地飞跑，也不用创纪录，因为这是一趟邮车，负责把世界各地的消息带给在北极附近找金子的人们。

巴克并不喜欢这活儿，但是它勤勤恳恳地工作，像戴夫和索尔莱克斯那样，对工作充满着骄傲，而且不管它的伙伴是否为这样的劳作感到骄傲，它确保它们各司其职。

这种生活过得与机器一般有规律，但单调乏味。日复一日，大同小异，没有什么区别。每天早晨，在固定的时候，厨师起身，点火，大家吃早饭。然后，拔营的拔营，套狗的套狗，他们在黑暗散尽、黎明到来前一小时左右的时候，就已经上路了。天

黑便扎营，搭帐篷的搭帐篷，砍柴火的砍柴火，有的劈松树枝搭床，有的给厨子打水或找冰。同时，他们给狗吃了饭。对于狗儿们来说，这是一天里最愉快的时候，吃过鱼后，它们可以四处闲逛，与其他的狗伙伴待在一起，总共有五十多只狗，其中不乏凶猛的斗士。但是，与其中最凶猛的进行三场较量后，巴克被推到领袖的地位，此后，当它竖起毛发、露出牙齿时，这些凶猛的狗都躲得远远的。

不过，巴克最喜欢的事莫过于躺在火的附近，后腿缩在身子下，前腿向前伸出，仰着头，眼睛忧郁地凝视着火苗。有时，它想起了在洒满阳光的圣克拉拉峡谷和米勒法官家的大房子，想起了那个水泥游泳池，想起了墨西哥无毛犬伊莎贝尔，想起了日本哈巴狗嘟嘟。但是更多的时候，它会想起那个穿红毛衣的男人，想起卷毛，想起它与丝毛犬的恶

战，想起它所吃过的或者想吃的好东西。

巴克并不是患了思乡病，那块阳光之乡已非常模糊遥远，而且这样的回忆对它没有什么影响。而对它有着强烈影响的是它基因中的各种各样的记忆，这些记忆使它对前所未见的事物产生一种似曾相识的感觉。然而，远古甚至是近来消失的这种本能（本能只是记忆，对祖先的记忆变成了习惯，也就成了本能），现在却迅速活跃在它的身上，再一次复活了。

有时，它蹲在那里，眼睛蒙眬地眨着，看着火焰，好像这堆火就是另一堆火，似乎当它蹲在那另一堆火旁边的时候，它从眼前这个混血儿厨子身上看到另一个不同的人。

这个人腿短臂长，肌肉不只是圆圆地隆起，而且结实坚硬。这人的头发长而凌乱，眼睛以上的头

部向后倾斜。口中发出奇怪的声音，看上去很害怕
黑暗，他连续不断地朝黑暗处窥视，他垂至膝与脚
之间的手紧紧抓住一根棍子，一块大石头固定在棍
子的一头。他几乎赤身裸体，一块破破烂烂的而且
烧焦的毛皮披在他的背上，在他的身体上长出很多
的毛发。有些地方，如胸部和肩头、手臂与大腿的
外侧，几乎长满了浓密的软毛。他不是笔直地站立
在那儿，臀部向上的身躯往前倾斜，膝盖弯曲。他
的身体特别轻盈，或者说富有弹性，几乎像猫一样，
他机敏警觉，似乎始终生活在对已知与未知事物的
恐惧之中。

　　有时候，这个毛茸茸的人蹲坐在篝火旁，头放
在双腿中间睡觉。有时候，他手肘撑在膝盖上，双
手抱着头，似乎想用毛茸茸的手臂挡风避雨。周围
一片漆黑，巴克透过眼前的火堆能看到许多发着微

光的余火，两两成双，总是两两成双，它知道，那是大型觅食野兽的眼睛。并且，巴克能听到它们走在树林间时身体发出的响声，以及它们在夜间弄出的嘈杂声。

它迷迷糊糊地蹲在育空河岸附近，眼睛懒洋洋地眨巴眨巴地看着火堆，另一个世界的声音与景象使它背上的毛发竖立，甚至连肩上及脖子上的毛发也都竖了起来。它吓得低声呜咽起来，并发出轻轻的哀号，这时，混血儿厨子朝它喊起来："嘿，巴克，醒醒！"另一个世界于是消失，现实世界便会进入它的眼帘。它打着呵欠，伸展着四肢起身，好像是睡了一觉。

这趟旅程非常艰辛，它们拖着沉重的邮件，繁重的活儿使它们疲惫不堪。到达道森时，它们的体重全都减轻了，身体状况也都变差，至少需要休息

一周或十天时间。但是，两天以后，它们又从巴勒
克斯出发深入到育空河的堤岸上，满载着外面寄来
的书信。所有的狗都很疲惫，赶车夫满嘴是牢骚，
更倒霉的是，天天都下雪，道路松软难行，滑板的
阻力加大，狗儿们的负担也就显得更加沉重了。还
好，赶车夫始终不错，全力以赴帮助它们。

　　每天晚上，他们总是先照顾狗，让狗们先吃饭，
然后赶车夫们再吃，他们检查完自己负责的那些狗
的脚掌后才找睡袋睡觉。尽管如此，狗的体质还是
在下降。

　　自从冬天开始，它们已行了一千八百英里的路，
而且全程拖着雪橇。一千八百英里的路程，即使是
最顽强的生命，也会承受不住的。巴克虽然也非常
疲劳，但它挺住了，督促着它的伙伴们好好干活，
维持着纪律。

　　每天夜里，贝里都在睡觉中又哭又喊，乔的脾气比任何时候都要糟糕，索尔莱克斯变得无法接近，不论是它瞎眼的一侧还是另一侧，都不能碰。

　　但是，遭罪最重的要数戴夫了。它的身体出了毛病，变得更加乖僻，动辄发怒，而且一扎好营，它马上就做窝，车夫就在它的窝里喂它吃饭。它一卸下挽套，蹲下身子，就再也起不了身，一直要到早晨套车时才起来。有时，雪橇突然停止，挽具被猛然拉扯了一下，或者在启动要使劲时，它都会痛苦地大喊大叫。车夫仔细查看了它，但是没能发现什么。

　　所有的车夫都非常关心它的情况。他们在吃饭时谈论它，在上床睡觉前吸最后一根烟的时候，还在议论着它。有一个晚上，他们针对它的情况进行了商议。他们把戴夫从巢穴带到火旁，对它又是压

又是戳，它喊叫了许多次。它的体内肯定出了问题，但是他们无法找到断骨，查不出问题的根源。

到达卡斯尔的时候，戴夫已极度虚弱，戴着挽套不时摔倒。苏格兰混血儿让车停下，把它拖出车队，让后面的索尔莱克斯紧跟上来代替它。他是想让戴夫跟在雪橇后面光着身子跑，不用拖车。戴夫虽然病得很重，但它不愿离开车队，当挽具从它身上解下来时，它不满地咕哝、低吼起来，并且看到它长久以来干活的位置被索尔莱克斯占有的时候，竟伤心地哀号起来。因为这种戴着挽具拖物跋涉的骄傲是属于它的，即使病死，它也不能忍受让另一条狗取代它的工作。

雪橇启动了，它在踩平了雪的道路旁边的软雪里，挣扎着用牙齿攻击索尔莱克斯，朝它冲去，拼命想把它挤出去，挤到路边另一侧的雪地里，它努

力跳进它的位置里，站在索尔莱克斯与雪橇中间。同时，它嘴里呜呜地哭叫，充满着忧伤与痛苦。混血儿努力想用鞭子把它赶开，但是，它对钻心刺骨的鞭打毫不在意，而混血儿也不忍心重重地打它。走在雪橇后面，行动方便多了，但戴夫不愿安静地跟在后面走，它依旧还是在行动极其艰难的路旁软雪里挣扎，直至筋疲力尽。终于，它倒下了，躺在它倒下的地方悲惨地嚎叫，长长的雪橇车队在它身旁闹哄哄地驶过。

它使出最后一点儿残剩的力气蹒跚地跟在后面，车队又停了下来，它挣扎着从别的雪橇旁经过，来到索尔莱克斯的旁边。他的车夫停顿了一下，到后面的人那儿借个火，点燃了他的烟斗。接着，又回来赶他的狗队。他们毫不费力地向前走，不安地掉过头来看个究竟，这一看，叫他们大吃一惊，于是

停了下来。车夫也吃惊不小，雪橇没有在向前移动。他喊他的伙伴们一同来看眼前的情景，戴夫已将索尔莱克斯的两根挽绳咬断了，这时正站在雪橇前它自己的位置上。

戴夫用眼睛恳求让它留在那里。车夫不知所措。他的伙伴说，如果剥夺一条狗继续干它曾为之累死累活的工作的权利，它会伤心欲绝。

他们回忆起自己所经历的事儿，说到有的狗年老体弱，干不动活或者受了伤不能干活的，它们的死因都是因为被剥夺了干活的权利。因此，他们认为，既然戴夫也快要死了，让它在工作中心安理得、心满意足地死去，便是一种仁慈。

于是，他们又给它套上了挽绳，虽然它体内的伤痛尖厉地刺激着它，不止一次禁不住大叫起来，但它还是像先前一样，骄傲地拉着雪橇。戴夫好几

次倒下被拖着走，有一次，它让雪橇车撞上了。从此以后，它的一条后腿走起来便一瘸一瘸的。

但是，它一直坚持走到了扎营地，车夫给它在火堆旁安了个窝。第二天早上，戴夫已经虚弱得无法行走，在套挽具的时候，戴夫拼命爬到它的车夫脚旁。它颤抖着身子，打着趔趄拼命站起来，然后又倒下了。于是戴夫缓慢地向前，朝着它的伙伴们正在套绳索的地方过去。它抬起前腿，趁势将它的身体拖向前，然后提起前腿，再往前拖几英寸。戴夫的力气耗尽了，伙伴们看到它的最后情景是，它正躺在雪地上，一面喘气，一面恋恋不舍地望着它们。直到它们消失在一条河边树林的后面，依然还能听到它悲伤的长嚎。

这时，雪橇车队停住了。苏格兰混血儿慢慢地折回身，走到他们刚离开的营地。男人们安静了下

来。一声左轮手枪的枪声响了起来，混血儿仓促地返回。鞭子噼噼啪啪地响，铃铛叮叮当当地敲，雪橇沿着小路轰隆隆地向前行驶，但是，巴克明白，所有狗都明白，在河那边的树林后面发生了什么事。

第五章 途中的艰辛

野性的呼唤

　　盐水城的邮橇，自离开道森以来，历经三十天，终于到达了斯卡圭。巴克与它的伙伴始终在前面拉着邮橇。到达时，巴克与它的伙伴们身体坏透了。它们疲惫不堪，极度消瘦。巴克一百四十磅的体重已经逐渐减少到了一百一十五磅，它的伙伴们虽然体重比它轻，但相比较而言，掉的体重比它还多。习惯装病开小差的派克，在它惯于欺骗的一生中，经常假装哪条腿受了伤，而现在走起路来却真的是一瘸一瘸了，索尔莱克斯走起路来也是步履蹒跚，达勃因肩胛扭伤而疼痛难受。

　　它们的脚大多严重受伤，脚里没有半点弹跳力或回弹劲儿。脚重重地落到路上，刺痛着它们的身

体，旅行中倍感疲劳。它们并没有患什么重大疾病，只是疲劳过度而已。那种疲劳并不是短期内引起的疲劳过度，也不是几个小时便能恢复的疲劳过度，而是那种经过了漫长数月的辛劳与长期的体力透支而造成的疲劳过度。它们实在太疲惫了，体内已没有储备力量可供调动。所有气力都耗尽了，连最后一点儿力气都没有了。

每一块肌肉、每一根神经、每一个细胞都疲劳至极！这也是情理之中的事。在五个月不到的时间里，它们已经行了两千五百英里，而且在最后的一千八百英里的旅途中，它们只休息了五天时间。到达斯卡圭时，它们显然是精疲力竭了。它们几乎无力拉紧挽绳，于是在下坡的时候，尽量躲着雪橇，不让雪橇轧着。

"走吧，可怜的瘸腿们，"他们摇摇晃晃地走在

斯卡圭的大街上，车夫在催促它们，"马上就到了。然后，我们要好好休息。好吗？当然。要好好地、长长地休息一下。"

车夫们自信地期待一个较长的停留时间。他们自己也行了一千二百英里的路，中间只休息了两天，因此，不论是从理论上说，还是从常理来看，他们都该有一段放松的日子。然而，有许多男人在涌入克朗代克河，而他们的情人、妻子及儿女没有去，于是邮件堆积如山，同时，还有官方的命令文件。一批批新送来的哈得孙湾狗将取代那些不适合运输的狗。不适合运输的狗就不能保留，再说，与美元相比，狗是无足轻重的，因此，它们就会被卖掉。

三天过去了。巴克与它的伙伴们依旧万分疲劳与虚弱。在第四天早晨，来了两个美国人，用低廉的价格把它们连同挽具及所有装备一起买走了。那

两个人用"哈尔"和"查尔斯"互相称呼。查尔斯是个中年人，肤色浅淡，眼睛含泪，小胡子猛烈而有力地抽动着，在胡子的映衬之下，他下面的嘴唇松弛下垂，显得很不真实。哈尔是个十九或二十岁的年轻人，腰里的皮带上插着一把大科耳特左轮手枪和一柄猎刀，皮带上还插着子弹。这根腰带是他最显眼的地方，体现出了他的不成熟———一种十足的不成熟，毫无经验。两个男人显然与周围的一切格格不入。

至于像他们这样的人，为什么要到北方去冒险呢？这正是世上万物的神秘之处，颇令人费解。

巴克听到那个人和政府代理之间在讨价还价，并看到他们之间钱来钱往，它便知道，苏格兰混血儿及运送邮件的车夫们将和毕罗尔特与弗兰克斯还有其他消失的人一样，将从它的生活中永远消失不

见。它和伙伴一同被赶往新主人的营房，巴克看到
了一副邋遢懒散的情景。帐篷只打开了一半，盘子
没人洗，一切都是乱七八糟的。另外，巴克还看见
一个女人，那两个男人叫她"梅赛迪斯"。她是查尔
斯的妻子，哈尔的姐姐——一个蛮不错的家庭小队。

　　他们开始拆帐篷，装雪橇，而巴克不安地看着
他们。他们花了九牛二虎之力，但是没有干活的窍
门，不像干活的样子。帐篷卷得很难看，比理应卷
成的样子大了两倍。锡盘洗也没洗就打了包。看到
男人们干活的样子，梅赛迪斯焦急地走来走去，嘴
里不停地唠叨，一会儿反对，一会儿建议。当他们
把衣服袋放在雪橇前面的时候，她建议说应该放在
后面；而当他们把它放在后面，并用两个包袱压住
的时候，她发现先前被疏忽掉的东西不可能放在其
他地方，只能放在那个袋中，于是，他们再一次把

那个袋卸下来。

旁边帐篷里走出三个男人，他们一边观望，一边咧嘴笑了起来，还相互眨了眨眼睛。

"你们运的东西真不少，"他们之中一人说道，"虽然不用我多管闲事，但是如果换了我，就不会拖着帐篷一块儿上路。"

"亏你想得出来！"梅赛迪斯大声说道，她沮丧地向上伸了伸双手，动作很漂亮，"没有帐篷我该怎么办？"

"已经是春天了，不会再出现寒冷天气。"那个男人答道。

她果断地摇了摇头，而查尔斯和哈尔把最后一些乱七八糟的东西放到堆得跟小山一样高的物品上面。

"你们觉得拖得动吗？"其中一个男人问。

"怎么就拖不动?"查尔斯话不多,但语气很生硬。

"哦,行,行,"这个男人马上好声好气地说,"我只是在心里犯疑惑,仅此而已。好像是有那么一丁点儿头重脚轻。"

查尔斯转过身子,尽量收紧捆扎的绳索,事实上一点儿也没收紧。

"当然,身后套着这少见的玩意儿,狗是能够整天飞跑的。"第二个男人肯定地说。

"当然。"哈尔说道,一副冷冰冰的口气,他一只手抓住方向杆,另一只手挥动着鞭子。"走!"他喊道,"向前走!"

狗儿们拉着胸索跳起身,拼命使劲了一阵子,接着松弛了一下。它们拖不动雪橇。

"懒惰的畜生,让我来教它们。"他大声喊道,

准备用鞭子抽它们。

但是，梅赛迪斯喊了声"哈尔，不可以"加以制止，她抓住鞭子，并从他手里抢过鞭子。"可怜的宝贝！现在你必须保证，在剩余的路途中你不对它们动粗，否则，我就一步也不走了。"

"你对狗还很了解啊，"她兄弟讥诮，"但是你最好别管我的事。告诉你，它们就是偷懒，必须得吃了鞭子才会老老实实干活。它们就是这个样子。谁不知道这一点。你去问问那些人。"

梅赛迪斯恳求地看着那些人，她那张漂亮的脸上写满了害怕看到狗受苦的表情。

"它们很软弱，如果你们想知道究竟的话，"他们中有一个答话说，"它们只是精疲力竭，事情就这么简单，它们需要休息。"

"休息是扯淡。"哈尔扭动着没长胡须的嘴唇说

道，梅赛迪斯听到这句粗话，"唉"了一声，她感到
又伤心又痛苦。

然而，她是家族观念极强的人，马上过来维护
她的弟弟。"别管那个人说什么，"她尖刻地说，"你
赶的是我们的狗，你认为怎样合适就怎么做。"

哈尔的鞭子再一次落到了狗的身上。狗儿们全
身心地顶住胸索，脚扎入坚硬的雪地里，身子朝着
雪地压下去，使出了它们全部的力气。雪橇如铁锚
似的一动也不动。经过两个回合后，它们站定身子，
拼命喘气。鞭子残忍地呼呼作响，梅赛迪斯再次进
行干涉。她在巴克面前跪了下来，双眼噙着泪水，
用双臂搂住它的脖子。

"你们这些怪可怜、怪可怜的宝贝，"她怜悯地
哭了起来，"你为什么不拼命地拉呀？那样，你就不
会挨鞭打了。"巴克并不喜欢她，但是它感到太伤心

了，无法反抗她，在它看来，这也是它这天痛苦劳役的一个部分。

有个旁观者一直在咬牙忍耐，以免说出难以入耳的话语，现在再也忍不住了，开口说话了。

"我并不是在乎你们会弄成什么样子，但是为了这些狗，我想告诉你们，你们如果扳动一下雪橇，那就能帮它们很大的忙了。滑板被冻得死死的。把货物靠方向杆的左右堆放，然后扳动雪橇。"

他们又进行了第三次尝试，但是这次，哈尔听从了劝告，将在雪地里冻住的滑板拉动了。超载笨重的雪橇向前行去，巴克与它的伙伴们在雨点般的鞭子下面疯狂地挣扎。路在前面百码远的地方转了弯，路面向大街陡峭地斜倾下去。要是有一个经验丰富的人，就可以使头重脚轻的雪橇不倒塌，而哈尔不是这样的人。当他们转弯的时候，雪橇翻了身，

松弛的绳索散了，大半的东西都散了出来。狗一直
在跑，没有停下。减轻了重量的雪橇在它们身后跳
跃。它们气愤至极，因为它们受够了虐待，也负载
太重了。巴克气得发狂，它狂跑起来，整个狗队都
跟在它的后面猛跑。哈尔喊道："停下！停下！"但
是它们毫无反应。哈尔绊了一下，跌倒了。翻倒的
雪橇从他身上碾了过去，狗群朝街上拼命跑去，将
剩余的装备在斯卡圭的主要大道一路上撒去的时候，
给街上的人们带来了极大的欢乐。

　　心地善良的市民抓住了狗，把撒了一地的私有
物品捡到一起。另外，他们也提出了建议。他们说，
如果他们真打算到道森去，那么，装载的负担要减
半，狗的数量要加倍。哈尔和他的姐姐及姐夫爱听
不听地听着，搭着帐篷，仔细检查装备。他们清理
出罐装食品，人们看了哈哈大笑，因为长途跋涉中

使用罐装商品是一件异想天开的事。"毛毯多得够开一个旅馆了，"一个男人说道，他边笑边帮忙，"即使是一半也太多了，把它们处理掉。把那个帐篷扔掉，把所有盘子都扔了，再说谁来洗？天哪，你们认为自己是在乘坐豪华列车吗？"

于是，他们就把多余的东西毫不留情地扔掉了。当梅赛迪斯的衣服包倒在地上，将其中的衣物一件件扔掉的时候，她哭了。她老是哭泣，尤其是看到每一件要扔掉的东西时，哭得更起劲。她双手抱着膝盖，伤心欲绝地前仰后摆。她坚决说，她再也不走了，就是有几十个查尔斯也不去了。她向每个人、向一切求助呼吁，最后终于死心，她擦干眼睛里的泪水，甚至把必需的衣服也给扔掉了。并且她越扔越起劲，扔完她自己的东西后，开始扔两个男人的物品，像龙卷风一样把他们的物品一扫而光。

野性的呼唤

衣物扔完后，就对付装备，那些装备虽然丢了一半，还剩下吓人的一大堆。查尔斯和哈尔夜晚出去，买了六条外地狗回来。这六条，再加上原来的六条，还有在创历史纪录的旅途中曾在林克湍流加入的两条爱斯基摩狗梯克与柯纳，现在整个狗队中狗的数目达到了十四条。

虽然这些外来的狗从到达起就开始受到训练，但是派不上什么大用场。其中三条是短皮毛的向导犬，一条纽芬兰犬，另两条是杂种狗。它们这些新来的狗好像什么事都不懂。巴克和它的伙伴们看着它们心中感到厌恶，尽管巴克马上就教会它们明白该在什么岗位以及不该做什么，但是它教不会它们应该做什么。它们并不诚心诚意地想干拖雪橇的活儿，除了两只杂种狗之外，剩下的狗都对自己所处的陌生野蛮环境以及所受到的虐待感到不知所措，

心情沮丧。两条杂种狗一点儿精神也没有，它们身上唯一没有被摧毁的，就是那一身的骨头。

由于新来的狗不可救药，毫无希望，而老队的狗们经过连续不断的两千五百英里的跋涉后疲惫不堪，前景不容乐观，一片黑暗。那两个男人的心情却相当愉快。他们也很骄傲，因为他们有十四条狗，事情做得相当漂亮。

他们看见了其他的雪橇越过山口朝道森进发，也看到从道森来的雪橇，但是他们从没有看到有哪一辆雪橇是用十四条狗拖拉的。由于北极地区旅行的特点，不用十四条狗拉一辆雪橇是有原因的，那就是因为一辆雪橇不可能携带得了十四条狗的食物。但是，查尔斯和哈尔不知道这一点。他们曾用铅笔为这次旅行仔细筹划过，一条狗吃多少，总共有多少条狗，共需多少天，一切完成。梅赛迪斯从他们

后面看看，明白地点点头，这很简单嘛。

第二天上午晚些时候，巴克带领着长长的队伍走上了街头。队伍里的狗没有半点儿生气，在巴克及伙伴们的身上既没有活力也没有精神。它们身心极度疲倦地出发了。从盐水城到道森的路已经走了四次，它现在处在疲劳与匮乏的状态，可又一次面临着同样的旅途，这一点使得它心里很苦涩。它的心思不在干活上，其他狗与它一样。外来的狗胆小害怕，原来队伍里的狗对它们的主人缺乏信心。

巴克隐约感到这两个男人和这个女人是靠不住的。他们做事不讲究方法，随着日子一天天地过去，情况就更加清晰，他们也学不会什么。他们在所有事情上都闲散松垮，缺乏秩序感或纪律性。

他们会花上半个晚上的时间，搭一个懒散的营房，用整整半个上午的时间拔营、装雪橇，而且做

起事来很草率，因此，拔营这一天的其他时间里，他们不得不走走停停，重新装载物品。有几天，他们一天十英里路都走不了。还有几天，他们压根儿就没法动身。其他时候他们没能成功地走完那两个男人所预计的距离的一半以上，而这个预计距离是他们用于计算狗食的基础。

食物短缺，这是不可避免的了。但是，他们还是给狗超量进食，这加速了食物短缺局面的到来，使吃不饱肚子的这一天更为逼近。外来狗没有经过长期饥饿的锻炼，忍受不住饥饿，有着强烈的食欲。而且当疲惫的爱斯基摩狗拉车虚弱无力的时候，哈尔断然肯定原定的定量太小。他给它们的定量加了倍。更甚的是，当梅赛迪斯用漂亮而噙着泪水的眼睛和咽喉里带着的颤音，还不能诱使他再给狗多吃一点的时候，她便从鱼袋里偷了鱼，悄悄地给它们

吃。然而，巴克和爱斯基摩犬所需要的不是吃东西，而是休息。虽然行进速度缓慢，但是它们所拉的重物使它们的气力严重衰竭。

接着，半饥半饱的日子出现了。有一天，哈尔终于意识到，他的狗粮耗去了一半，而路程只走了四分之一；再者，他无论如何也买不到额外的狗粮。于是，他一方面减少了原来的定量，另一方面努力增加每天的行程。他的姐姐和姐夫也支持他的做法，但是，他们因装备的沉重以及自己的无能为力而生出挫败感。给狗少吃是容易办到的事情，但是要让狗跑得快，就做不到了，他们自己做不到早起上路，也就不可能增加行路的时间。他们非但不知道如何让狗干活，甚至连自己该怎样干活也不懂。

第一个离去的是达勃。达勃是个动作笨拙的可怜的小偷，偷盗时常常被捉住，遭到惩罚，尽管如

此，它干起活来却忠心耿耿。它肩胛扭伤后没有得到治疗与休息，病情愈来愈重，直到最后，哈尔用大科耳特左轮手枪将它打死。当地有一句俗语，说外来狗只吃爱斯基摩犬的那点定量会饿死，因此，巴克手下六条外来狗只吃到爱斯基摩狗定量的一半，也就只有死路一条了。纽芬兰犬先死，接着是三只短毛向导犬，两头杂种狗虽然顽强地活着，但是最终还是死了。

至此，那三个人身上所拥有的属于南方大地的彬彬有礼与温文尔雅都消失了。北极之旅在失去了其魅力和浪漫色彩后，在他们看来，已变成了残酷无情的现实，不论是男人还是女人，都被这样的现实压倒了。

梅赛迪斯不再抱着狗哭泣，而是整天暗自流泪，或者与她的丈夫和兄弟吵架。争吵是一件使他

们永不感到疲倦的事。他们的坏脾气源于他们的苦恼，随着苦恼增加，脾气也就愈加糟糕，苦恼越大，脾气就加倍地坏，坏到将苦恼都抛在了脑后的程度。那种长途跋涉中所体现出的坚忍不拔精神，那种拼命苦干、不怕痛苦，并保持说话悦耳动人、心底和善的状态，再没有出现在那两个男人与那个女人的身上。他们身上连这些东西的影子都找不到了。他们浑身僵硬，痛苦不堪，肌肉在作痛，骨头在作痛，他们的心也在作痛。正因为如此，他们说话刻薄刺耳，从早晨张开嘴巴，一直持续到晚上说的最后一句话都那么刺耳。

无论何时，只要梅赛迪斯给他们机会，查尔斯和哈尔就争吵不休。他们两个人都坚信，自己干的活超出了他的份，而且一有机会，他们都不回避将这种话讲出来。梅赛迪斯有时站在她的丈夫的这一

边，有时站在她弟弟的那一边，其结果就是一场无休止的兄弟间激烈争吵。争吵的原因就是谁应该去砍柴生火，而这样的一场争吵（一场只涉及查尔斯与哈尔的争吵）马上会扯上家里的其他人，扯上好几千英里远的亲属，父亲、母亲、叔父、堂兄弟等，其中一些早已死了。哈尔的艺术观点或者他母亲的兄弟曾写过的那种社会剧，与砍几根柴火到底有哪门子的关系，实在令人费解。然而，争吵既可能朝着这样的方向蔓延发展，也有可能朝着查尔斯的政治偏见的方向发展。说查尔斯妹妹惹是生非的嘴巴与在育空地区的营火有关系，这显然只有梅赛迪斯这么认为，她对这个话题大作一番文章，顺便对她丈夫家庭不幸拥有的其他一些特点借题发挥了一通，使自己大大轻松了一阵。在此期间，火没人点，营房搭了一半，狗也没人喂。

梅赛迪斯有一种特殊的委屈——性别的委屈。她漂亮、温柔，一生中，男人们始终以骑士风度般地对待她。可是，目前她丈夫及弟弟对待她的态度没有半点儿骑士风度。她习惯了无能为力，他们抱怨说。他们所指责的，是她最基本的性别特权，而这一点使得他们无法忍受。她不再为狗考虑，就因为感到酸痛和疲劳，便坚持要坐雪橇。她是长得漂亮温柔，但是她体重有一百二十磅——对身体虚弱而又半饥半饱的动物来说真是雪上加霜。她坐了几天雪橇，直到它们半途倒下，雪橇停下一动也不动为止。查尔斯和哈尔恳求她从雪橇上下来步行，他们乞求她，央求她，而她则流着泪，把他们的种种残忍对着上苍好好诉说了一通。

有一次，他们动用武力，硬将她从雪橇上抱了下来，但以后再没有做过类似的事。而她像一个被

惯坏的孩子，双腿一软，一屁股坐在路上。他们继续赶路，而她坐着不动。在行了三英里之后，他们卸了雪橇，返回来接她，又凭借武力把她抱回到雪橇上。

他们自己极度痛苦，却对动物的痛苦漠然视之。哈尔的理论是，人必须变得心狠手辣。他在别人身上施行了这个理论。开始时，他把这个理论灌输给他的姐姐和姐夫。没灌输成，他就用棍棒敲打的办法，将这个理论捶入狗的肌肤里。

在五指湖，狗粮吃完了，一个没有牙齿的印第安老太太要用几磅的冻马皮换那把挂在哈尔屁股上与那把大狩猎刀挂在一起的科耳特枪。这种马皮是非常糟糕的代食品，好像是六个月前从牧马人饿死的马身上剥来的。由于是冻结在那里，吃起来就像是白铁条，狗使劲将它吞入胃里，消化成细细的、

没有营养的皮绳及一团团的短毛发，吃了既难受又不消化。

经历所有这一切，巴克依然蹒跚地走在队伍的最前头，它感觉如在噩梦中一般。它能拉时尽力地拉，拉不动的时候便倒在地上，躺在那里一动不动，直到鞭子或棍棒落到它的身上，把它再次赶着站起来。它那身漂亮的毛皮已失去其应有的硬度及光泽。它们无力地倒在那里，遭哈尔棍棒打伤的地方，与干血缠结起来，邋里邋遢的。巴克的肌肉消瘦成一根根缠结的筋，肉垫已经看不见了，所以，透过它松弛的外皮，骨架里的每根肋骨和每根骨头都轮廓分明。见之，令人心碎，但巴克的心是坚不可摧的。穿红毛衣的男人已经证实了这一点。

既然巴克的身体状况如此，它的伙伴状况也相差无几。它们一个个都成了游动的骨架，包括巴克

在内，现在总共剩七条狗。它们都处在痛苦的深渊中，对鞭子抽打的刺骨疼痛及棍棒打出的青肿已毫无感觉。打在身上的疼痛变得隐隐约约，不怎么感觉得到，就如它们眼中所见的、耳中所闻的东西好像都变得隐隐约约与虚无缥缈那样。它们半点儿生气都没有了。

它们成了一只只包着骨头的皮袋子，只有微弱的生命火花。停下来的时候，它们像死狗一般，连挽具也不脱就瘫倒了，生命火花变得暗淡、苍白，仿佛要熄灭了一样。当棍棒或鞭子落到它们身上的时候，火花无力地扑哧起来，于是，它们跌跌撞撞地站起来，摇摇晃晃地向前走。

终于有一天，性情温和的贝里倒下了，再没有站起来。哈尔已将他的左轮手枪卖了，所以他只好拿起斧子，在贝里的身上还套着绳索倒地的时候，

直接往它头上砍去，接着将套索弄断，把贝里的尸体拖到了一边。巴克和它的伙伴们目睹了这一切。它们知道，这样的结局离自己不远了。第二天，柯纳没了，它们只剩下五只。身处这样的环境，连乔也不恶作剧了；派克走路又瘸又跛，神志处于半昏迷半清醒状态，但已经不再能清醒地装病；独眼狗索尔莱克斯，依然忠心耿耿勤劳地拉着雪橇，并且它为自己拉的力气太小而忧心忡忡；梯克那个冬天并没有跑很远的路，因它不如其他的狗经验丰富，而显得格外疲惫；巴克尽管还走在队伍之首，但它不再强迫大家遵守纪律，也不努力强行实施严明的纪律。大多数的时候，它虚弱得目光模糊，只靠隐约的视觉和双脚模糊的触摸，把持着方向。

美丽的春天来到了，但是不论是狗还是人都没有意识到这一点。每一天太阳升起的时间早了，落

下的时间晚了。清晨三点，黎明就来临了，而黄昏延续到晚上九点才肯离去。这漫长的一整天都是骄阳如火。严冬时可怕的沉寂已换上春天里生命初醒时的悄声细语。细语悄声正从整个大地响起，大地充满了生命的喜悦。它们来自又一次恢复生命力的事物，来自在漫长的寒冬岁月里曾经死去、久久无声无息的东西。松树里树汁含量正在上升，柳树和白杨上冒出了嫩芽，灌木和藤蔓披上了嫩绿的春装，蟋蟀在夜间唱歌。白天，各式各样的潜行慢爬的生物都沙沙地爬到了阳光下。鹧鸪和啄木鸟在森林里敲敲打打，发出隆隆的响声。松鼠喋喋不休，小鸟儿又歌又唱，野鸟在头顶上发出刺耳的叫声，它们从南方飞来，形成了划破长空的漂亮人字形。

每一个小山坡都传来了涓涓水流声，那是视线外的泉水的旋律。万物都在消融，都在变得柔软，

变得充满活力。育空河正竭力挣脱冰霜的束缚。它从底下慢慢地解冻，太阳从上方将冰融化。气穴形成了，裂缝出现了，冰裂河开，块块薄冰整块地落进了河水里。而在生命苏醒的时候，在这一切破裂、劈碎和搏动发生的时候，那两个男人和那个女人以及那一队狗，像是走向死神的徒步者，摇摇晃晃地行走在火焰般的阳光下，穿行于轻轻吹拂的微风中。

狗越发虚弱，梅赛迪斯坐在雪橇上哭泣，哈尔在干巴巴地骂人，查尔斯的双眼泪水直流，他们在白河口跌跌撞撞地进了约翰·桑顿的营房。当他们停下来的时候，狗全都倒下了，犹如被打死了一般。梅赛迪斯擦干眼睛，看着约翰·桑顿。查尔斯在一根原木上坐下来休息。他艰难地缓缓坐下，他已全身僵硬。哈尔开口说话。约翰·桑顿正在用桦树树枝削斧子的把手，已经快削好了。他一边削，一边

听，用一两个字作答，听到对方请教时，便简洁说了他的建议。他了解这种人，于是，他虽嘴上在提建议，但心中确信他们是不会采纳的。

桑顿警告说，不要在融化的冰上冒险。哈尔听后，答道："上面的人也告诉我们，冰道下面已经脱落，我们最好暂时停下来休息。他们对我们说，我们到不了白河，可我们来了。"最后的话里夹带着得意与嘲讽。

"可他们说的是真话，"约翰·桑顿回答说，"冰道下面随时都有可能脱落。只有傻瓜，想碰运气的傻瓜，才能走过来。我坦率地告诉你，就是把阿拉斯加州的金子全部给我，我也不会用我这把骨头在冰河上冒险。"

"我想，那是因为你不是傻瓜，"哈尔说，"尽管如此，我们还要继续往道森走。"他把他的鞭子解

野性的呼唤

开。"起来，巴克！嗨！起来！继续上路！"

桑顿继续削木头。他知道，要阻挡傻瓜干傻事是毫无价值的，而世界上有那么两三个傻瓜，也无伤什么大雅。

但是，狗队听到命令后并没有起身。相当长的时间以来，这个队伍都必须靠鞭打才能激发动力。鞭子来回闪动着，残酷地行使着它的使命。约翰·桑顿紧闭着嘴唇。索尔莱克斯是第一个爬起来的，梯克随后。接着是乔，这时，它还在痛苦地呻吟。派克忍住疼痛，努力要站起来，两次都快起来了，但又倒了下去，第三次它才勉强站了起来。巴克没有站起身，静静地躺在它倒下的地方。鞭子一次又一次地打在它的身上，但它既不哭诉，也不挣扎。桑顿好几次欲开口说话，但都改变了主意。他的眼睛潮湿了，听着鞭子在不断抽打，他站起身，

犹豫不决地来回走动着。

巴克这是第一次失职，这本身就足以使哈尔勃然大怒。哈尔把鞭子换成了惯用的棍棒，棍棒像雨点一样重重地打在巴克的身上，它还是一动也不动。与它的伙伴相同的是，它现在仅仅只能做到站起身而已，但与它们不同的是，巴克已经下定决心不站起来。它迷迷糊糊地感觉到，厄运即将来临。

当它进入河堤的时候，这种感觉就非常强烈，而且这种感觉一直驻留在它的心中。它的脚整天都站在融化的薄冰上，那是什么样的感觉，它好像感觉到灾难迫在眉睫，而它的主人就在前面的冰上竭力驱赶着它。但巴克一动也不动，它已历经千辛万苦，经历了长途跋涉的磨难，因此，棒打在身上已不觉得有多疼痛。木棒不停地落到它的肉体上，它体内的生命火花摇曳不定，暗淡下去，几乎快要熄

灭了。它感到一种奇妙的麻木感，似乎它在很遥远的地方意识到，自己正在挨打。最后的疼痛感离它而去，虽然它还能隐隐约约听见棍棒打在它的身上的响声，但它不再有什么感觉。而那不再是它的身体，它的身体似乎在遥远的地方。

正在这时，约翰·桑顿冷不防地大喊了一声，扑到了拿着棍棒的男人身上。他的喊声含混不清，很像是动物的嗥叫。哈尔被这突然的袭击掀得人仰马翻，他往后倒去，犹如被一棵倒下的树砸到了似的。梅赛迪斯尖叫起来，查尔斯眼巴巴地在一边看着，他擦干了淌着泪水的眼睛，但由于身体僵硬，他没有站起来。

约翰·桑顿高高地站在哈尔之上，拼命控制自己，他气得浑身哆嗦，说不出话来。

"如果你再打那条狗，我就杀了你。"约翰·桑

顿终于断断续续地说话了。

"它是我的狗,"哈尔醒悟过来时答道,他把血从嘴角边擦去,"你给我滚开,否则我会好好收拾你的。我要到道森去。"

桑顿挡在他和巴克之间,表示他不想走开。哈尔拔出他的长猎刀。梅赛迪斯一边尖叫,一边哭,一边还在哈哈大笑,纯粹是一副歇斯底里的混乱与疯狂。桑顿用斧头把敲打哈尔的指关节,敲得猎刀落在了地上。哈尔想捡起刀,桑顿又一次打他的指关节。然后,桑顿弯下身子,自己把刀捡了起来,他上前两刀,把巴克的挽绳割断。

哈尔已经没有再战的斗志。而且他的双手,还是说双臂更合适,抱着他的姐姐,他也空不出手。再说巴克也快死了,再也不能用来拉雪橇。几分钟之后,他们离开河堤,朝河的下游走去。巴克听到

野性的呼唤

他们离去，抬起头注视着。派克走在前面，索尔莱克斯在后面压阵，中间是乔和梯克。它们摇摇晃晃，打着趔趄。梅赛迪斯乘坐在满载行李的雪橇上。哈尔在方向杆处带路，查尔斯蹒跚地走在最后。

当巴克看着他们离去的时候，桑顿跪在它的身旁，用粗糙而温柔的手替它检查身上断裂的骨头。他发现，巴克身上许多淤青，它正处在极度饥饿之中，除此之外，他并没有发现断骨，而这时，雪橇早已走到四分之一英里之远了。

狗和人共同注视着雪橇在冰上爬行，突然，他们看到雪橇的后部坠落了下去，如陷入车辙那样，哈尔抓着的方向杆猛地翘到了半空，梅赛迪斯的尖叫声传入了他们的耳朵。他们看见查尔斯转动身子，退了一步，接着，一大片的冰塌了下去，狗与人一块儿消失了。河上只剩下一个张着大口的冰洞。冰

道的底部已经脱落了。

"你这个可怜的魔鬼。"约翰·桑顿说道，巴克舔了舔他的手。

第六章 为了一个人的爱

野性的呼唤

　　约翰·桑顿在去年十二月冻坏了脚，他的伙伴们把他安排妥当后，让他养伤，便离他而去，坐上原木做成的木筏，溯江而上，往道森去了。在营救巴克的时候，约翰·桑顿走路时脚还有些瘸，但是随着天气不断转暖，轻微的脚瘸就消失了。在悠长的春天里，巴克躺在河岸旁，眼睛注视着奔流的江水，耳朵懒洋洋地听着鸟儿的歌声以及大自然发出的吟唱，它的体力慢慢地恢复了。

　　行走了三千英里后能休息一下，真是再好不过的事了。巴克的伤口愈合了，肌肉隆起来了，肉又重新包裹住了它的骨头，它不再是瘦骨嶙峋的样子。同时，它变得慵懒。

就这点而言，大家——巴克、约翰·桑顿还有斯基特与尼格，都在虚度光阴，都在等待木筏来将他们载往道森。斯基特是条爱尔兰塞特种小猎狗，它早早地与巴克交了朋友，当时巴克还奄奄一息，无法讨厌它的主动套近乎。有些狗有给人治病的本领，它就是这样的狗。就如母猫清洗它的猫崽那样，它帮巴克清理了伤口，而且经常地给它清洗。每天早晨巴克吃完早饭，它就履行给自己指定的职责，后来巴克就如期待桑顿的照顾那样，开始期待它的服侍。尼格同样很友好，尽管表露得不那么直接，它是一条大黑狗，一半是侦探犬种，一半是猎鹿犬种，一双眼睛总带着笑意，有着非常好的脾气。

让巴克惊奇的是，这些狗并没有嫉妒它。它们一同分享着约翰·桑顿的厚道和宽容。在巴克渐渐强壮起来的时候，它们拉它去参加各式各样的荒唐

游戏，连桑顿自己都忍不住加入其中。就这样，巴克一边游戏，一边恢复了健康，并开始了一种全新的生活。它第一次有了爱，真正热烈的爱。

在阳光普照的圣克拉拉峡谷的米勒大法官家里，它没有体验过这种爱。它与法官的儿子们一同狩猎和徒步旅行，与他们建立的是一种工作伙伴关系。它陪着法官的孙儿们时，成了他们神气十足的保护神。它与法官本人建立了一种庄严高贵的友谊。但是约翰·桑顿在它身上所唤醒的是一种强烈、炽热的爱。是敬慕，是疯狂。

这个男人拯救了它的生命，这是非同小可的事，再说，他是个理想的男主人。其他的人出于责任感与工作利益，去关心他们的狗。而他关心它的快乐，因为关心狗是他情不自禁的事，仿佛狗就是他自己的孩子一般。并且他远不止是关心，他不会忘记亲

切地问候一声或者说上一句鼓励的话，他会坐下来
与它们进行长时间的交谈。他把这种交谈称作"瞎
吹"——不仅是他也包括狗儿们，都感到这样的交谈
快乐无比。他常常双手使劲捧住巴克的头，把头枕
在巴克的头上，来回地摇动，嘴里用各种各样的诨
名叫它，但这些诨名在巴克的耳里便成了昵称。巴
克知道，没有比这使劲的相拥以及低声的咒骂更快
乐的事了。每一次前后来回地摇晃，巴克都觉得它
的心好像都快从体内跳出来了，它沉浸在销魂般的
极大快乐中。当他放开它时，巴克的脚跳着站了起
来，它的嘴在笑，眼睛闪耀着动人的目光，它的喉
咙在颤抖，含着没有发出的声音，它就这样一动不
动站在那儿。约翰·桑顿发自内心地喊道："我的天
啊！你几乎要开口说话了！"

　　巴克有一种表达爱的方式，但这种方式看上去

好像要伤害人。它经常用嘴抓起桑顿的手，用力咬
住，以至于它的齿印会久久地留在主人的手上。正
如巴克把诨名作昵称理解一样，这个男人也把它的
齿印看作爱抚。

　　不过，在大多数情况下，巴克的爱是用敬慕来
表达的。桑顿触摸它或对它讲话时，它欣喜若狂，
但是它并不强求爱的赐予。斯基特就不同了，它习
惯用鼻子挤到桑顿的手心下面，在那里蹭来蹭去，
直到受到爱抚为止。尼格也不同，它会坐直身子，
把硕大的脑袋放在桑顿膝盖上，而巴克则满足于远
远地凝望桑顿。它会在桑顿的脚旁躺上好几个小时，
带着渴望与清醒，仰望着他的脸，端详着他，琢磨
着他，饶有兴趣地追寻着那脸上掠过的每一个表情、
每一个动作、每一个眉目变化。巴克也可能会躺在
远一点儿的地方，在这个男人的身侧或在他的身后，

注视着他的轮廓以及他身体偶尔做出的动作。巴克凝视的目光，经常会使约翰·桑顿转过头来，他一语不发地回头看着巴克，正如巴克的目光中流露着它的全部感情一样，约翰·桑顿满心的爱意也闪烁于他的目光中。

在得到营救后的很长一段时间里，巴克都不希望桑顿离开它的视野。从离开帐篷的那刻起，到他重新返回帐篷，巴克都跟在他的屁股后面。自从它进入北国以来，它的主人们总是转瞬即逝，这在它心中留下了一种主人不会长久的恐惧心理。它担心桑顿会像毕罗尔特、弗兰克斯以及半苏格兰血统的混血儿那样，从它的生活中消失。甚至在夜里，在梦中，它都在承受着这种恐惧的折磨。在恐惧的时候，它会摆脱睡意，悄悄从寒冷中爬到帐篷旁边，站在那里，倾听主人的鼻息声。

　　巴克对约翰·桑顿的这种热爱似乎是温文尔雅的文明的影响。然而，北国的生活在它身上唤醒了原始的野性，野蛮的种子开始活跃。忠实和奉献是它的特性，可是，它保留了野性和狡猾。它是荒野之子，从荒野来到约翰·桑顿的火堆旁，坐了下来，它并不是一条身上烙着几代文明烙印的温文尔雅的南方狗。由于它对这个男人的一腔热爱，它不能从他那里偷东西，但是在别人那里、在别的帐篷里，它会毫不犹豫地行窃，而且盗窃时的狡诈使它能免遭被发现的危险。

　　巴克的脸上和身体上，留下了很多狗的齿印，而它打起架来还是一如既往地凶猛，甚至更加精明狡猾。斯基特与尼格性情太温和，不会吵架——再说，它们都是约翰·桑顿的狗。但是，陌生狗，无论是什么品种的狗或是怎样勇敢的狗，都将迅速承

认巴克的霸权地位，否则它会发现自己在与一个可怕的敌人进行殊死的抗争。而巴克是毫不留情的，它已经领悟了棍棒和犬牙的法则，决不放弃任何一个机会。由于它早已走上了死亡之路，因此面对敌手，它决不退步。

巴克从丝毛犬的身上获得教训，从警方及邮橇队的强大、好斗的狗那里获得教训，知道没有中庸之道可行。不是当霸主就是当奴隶，展露仁慈便是弱点。在原始的生活里不存在慈悲，有人把慈悲误认为恐惧，而这样的误解注定就是死亡。你要么去杀戮，要么遭杀戮；你要么是吞噬者，要么被吞噬，这就是法则。这条法则，从远古的时代绵延传了下来，它服从于这样的法则。

巴克已很年老，比它眼前所见的岁月及呼吸的空气要年老。它联系着过去与现在，而它身后的永

恒，带着强有力的节奏在跳动。随着这种节奏，潮
涨潮落，四季更替，它也在发生变化。它长着宽大
的胸脯，白色的犬牙，长长的皮毛，坐在约翰·桑
顿的火堆旁，但是在它的身后，还有各种各样的狗、
似狼非狼及野狼的幽灵，它们迫不及待，蠢蠢欲动，
要品尝它所吃的肉味，对它所喝的水垂涎欲滴，嗅
着它放的臭屁，与它一同倾听并告诉它，森林里野
兽所发出的声音是什么样子的。它们支配着它的情
绪，引导着它的行动，与它一同躺下睡觉，一同进
入梦乡，并能超越它，成为它梦中的内容。

　　因此，这些鬼怪幽灵不容分说地召唤着它，于
是，人类以及人类的需求一天天地离巴克远去。在
森林深处，传来了一种呼唤，巴克时常听到这种呼
唤，莫名其妙地刺激着它，引诱着它，它觉得自己
忍不住要掉过头，离开火堆以及火堆旁久经踩踏的

泥土，扑入森林，一直向前。它不清楚自己将走向何处，为什么要向前走；它也不想清楚，要去什么地方，为什么要去，在森林深处，这呼唤听上去专制又生硬。它虽然经常走到那绵绵不断的大地及绿树荫里，但是对约翰·桑顿的爱总是再一次将它拉回到火堆旁。

只有桑顿一个人能留住它，其余的人似乎都微不足道。难得相遇的旅行者称赞它、宠爱它，但是它对这些都无动于衷，甚至对表现得过分的人，它会站起来走得远远的。当桑顿的伙伴汉斯和皮特坐着叫人望眼欲穿的木筏到来的时候，巴克看也不看他们一眼，后来它才听说他们与桑顿是亲密朋友，知道这一层关系后，它才宽容地对他们，接受他们的各种好意，但态度很勉强，似乎接受他们的好意，那是对他们的恩宠。

他们与桑顿一样，都人高马大，活得潇洒自然，思维简单，目光清澈。在他们的木筏被卷入道森锯木厂附近的那个大漩涡之前，他们就理解了它及它的行为举止，因此，没有强求从它那里得到如他们从斯基特及尼格身上得到的那种亲昵劲儿。

然而，巴克对桑顿的爱似乎在与日俱增。只有他可以在夏天旅行时，让巴克背上一个旅行包，别人都不行。只要桑顿开口，发出指令，没有事情能难倒巴克。一天（他们用抵押木筏的收益做了实物担保，离开道森，往塔纳诺河的上游进发），这些男人与众狗们坐在一个悬崖顶上歇息。这是个悬崖峭壁，脚下三百英尺处就是岩基。约翰·桑顿坐在近崖边，巴克坐在他的肩头。桑顿这时突发奇想，并将汉斯和皮特的注意力吸引到他的奇思怪念上来。"跳，巴克！"他发出命令，手臂向外一划，划向

深渊的上方。紧接着，他便与巴克扭作一团，在悬崖边上挣扎，汉斯和皮特赶紧将他们拉回到了安全地带。

"真不可思议！"皮特说，这时，惊险的一幕已过去，大家才开口说了话。

桑顿摇摇头："是的，漂亮极了，但也可怕极了。你们可知道，有时这一点让我很害怕。"

"它在你身边时，我就别想碰你一下。"皮特下结论般地说，他的头朝巴克方向点了一下。

"对，就是这样的！"汉斯也附和道，"我也别想。"

这一年临近结束的时候，在瑟克尔城，皮特的担心得到了验证。"黑脸"伯顿是个脾气火爆、心怀叵测的人，他在酒吧里与一个新手寻事吵架，桑顿和气地劝架。巴克按它的老习惯，伏躺在一个角落里，头枕在爪上，眼睛留神着主人的一举一动。伯顿趁人不备时，突然一拳朝桑顿肩头打去。桑顿被打得转了一个向，好不容易抓住柜台的扶手，才没有倒在地上。

　　这时，旁观的人只听到一声吼叫，那叫声不是犬吠，说是咆哮最合适不过了。他们看见巴克离开地面，身子向上纵身一跳，扑向伯顿的咽喉。伯顿本能地伸出手臂挡住，才保住了命，但是他的身子摔倒在地上，巴克骑在他的身上。巴克松开咬住他手臂的牙齿，再一次去咬他的咽喉。这回，伯顿没有完全阻挡得住，他的咽喉被撕咬开来。这时，大伙扑向巴克，将它赶开。当外科医生检查伯顿的流血情况时，它还在那里徘徊着，狂怒地嚎叫，试图冲进去，被一排棍棒赶了回来。于是，当场召开了一场"矿工会议"，裁决说狗容易发狂，巴克被驱逐

出了门。但是它因此出了名，从那天起，它的名字
传遍了阿拉斯加的每一个营地。

后来，那年秋天，巴克又以完全不同的方式救
了约翰·桑顿的生命。桑顿他们三人在四十英里溪
上航行的时候，在一段险恶的湍流里放下了一只窄
长的撑竿小船。汉斯和皮特沿着河岸，挨着一棵棵
树用一根马尼拉缆绳，给船制动。桑顿留在小船上，
用撑竿撑着小船向下航行，并对着岸上喊着发令。
巴克在岸上与小船并肩而行，它心里在发愁，在担
忧，眼睛一刻也不离开主人。

有一个特别险恶的地方，一块露出水外的暗礁
突出在河中间。汉斯松开绳子，桑顿撑着小船往溪
流中央过去，要躲过那块暗礁，汉斯手里拿着绳子
头，沿着河岸向前跑去，要制住小船。小船确实躲
过了暗礁，并且如急流般地飞流直下，汉斯想用绳

控制住它，但动作太猛了些。小船摇摇晃晃朝岸边翻倒，船底朝天，桑顿被摔离了小船，眼看就要被水流带向湍流中最危险的地方，那地方的水流既湍急又凶猛，任何落水者都不可能从中活着回来。

巴克立刻跳入湍流中，游了三百码，在一股翻滚的漩涡中，它追赶上了桑顿。当巴克感到桑顿已抓住了它尾部的时候，便使出全身的力气，奋力朝岸边游去。可是游向岸边的速度非常缓慢，顺流急下的速度却快得惊人。下面传来排山倒海般水的轰鸣声，那里的水将更加凶猛，岩石如一只巨梳的梳齿，水流在上面被撞得粉碎，水花四溅，他们正处在水流最后一段急速俯冲直下的开端，其吞噬力大得吓人，桑顿知道游到岸边是不可能的事。他猛地从一块岩石旁擦身而过，第二块岩石撞得他浑身疼痛，接着一股粉碎性的冲力将他朝第三块岩石撞去。

他放开巴克，用双手抓紧岩石滑溜溜的顶部，并且在湍流翻滚、急水轰鸣中，大声地喊："走开，巴克！走开！"

巴克自己都控制不住了，被急流往下卷去，它拼命挣扎，可是无力返回。当它听见桑顿的重复指令的时候，将身子部分地抬出水面，高高地抬起头，似乎想再最后看一眼桑顿，然后，顺从地向岸边游去。它奋力向前游去，但是最后，当它无法继续游动，即将遭到毁灭的关头，皮特和汉斯将它拖上了岸。

他们知道，在强大的水流面前，人抓住滑溜溜的岩石撑不了几分钟，于是他们尽快跑回河岸，向上游跑去。他们把那根用于给船制动的绳子系在巴克的脖子与肩膀上，同时注意既不能让绳子把它勒死，又不能妨碍它游泳，然后，把它放入湍流中。

巴克勇敢地划着水，但是它没有立即朝河心游去。等巴克发现这个错误时，已经太迟了，这时，它与桑顿已并排而行，之间只相差五六下划水的距离，而它却无望地被湍流卷了过去。

汉斯迅速牵制绳子，犹如巴克是一条小船。巴克身上的绳子在水流中收紧了，它被猛地拉到水下，于是它一直留在水面下，直到身子撞到河岸上，被拉出水面为止。它被淹得半死，汉斯和皮特扑到它身上，拍打着它的身体，使它恢复呼吸，并将它体内的水拍打出来。它趔趄着站起来，但又倒了下去。他们听到了桑顿微弱的声音，虽然听不清他在说什么，但他们知道他已身临绝境。主人的声音犹如电击一样，在巴克身上起到了作用。它跳起来，朝那两个男人前面的河岸跑去，来到刚才跳入湍流的地方。再一次绑好绳子，它又出发了，再一次奋力划

去，但这次笔直游向河心。它已经错了一次，不会
再犯同样的错误。汉斯放出绳子，但又不能让绳子
松弛，同时，皮特小心不让绳子乱作一团。巴克继
续向河心游去，直到它与桑顿形成前后一条直线，
然后它转过身，用快车的速度向他游过去。

桑顿看见它游来了，巴克就像是一根古代的攻
城木槌，撞击着他，尽管他身后的水流强大有力，
他伸出双臂，搂住了巴克毛发蓬乱的脖子。汉斯把
绳子绕树系住，使劲拖动着水下的巴克和桑顿。而
绳子快把人与狗勒死了，他们快要窒息了。巴克与
桑顿一会儿人在上面，一会儿狗翻到了上面，他们
从坑洼不平的溪底拖过，猛烈地撞击着一块块岩石
及暗礁，他们就这样来到了岸边。

桑顿肚子向下趴着，汉斯和皮特用一根漂流原
木使劲在他身上来回推动，他苏醒了过来。桑顿第

一眼看到的就是巴克，这时的巴克身体软而无力，明显没了生气，尼格正在啼嚎，斯基特正在舔巴克的那张湿乎乎的脸与紧闭的眼睛。桑顿虽然自己已伤痕累累，然而当巴克苏醒过来时，他还是从头到尾仔细地检查了它的身体，发现它断了三根肋骨。"这样吧，"他宣布说，"我们就地扎营。"于是，他们就扎下营来，一直等巴克的肋骨愈合，能够行走为止。

那个冬天，巴克在道森又有了一起惊人的创举，也许不是那么有英雄气概，但是足以让人们把它的名字在阿拉斯加著名的图腾柱上抬高了好几个级别。这个创举尤其令这三个男人感到高兴，因为他们正需要成套的装备，开启他们向往已久的旅行，向未开垦的处女地东部进发，这时的东部还没有出现矿工。

事情从黄金国酒店的一次谈话说起，人们在那里

吹嘘夸耀他们心爱的狗。巴克由于以前的英勇事迹，自然成了这些人谈论的对象，桑顿不得不捍卫它的声誉。吹嘘半个小时后，有人说，他的狗不仅能拖动五百磅重的雪橇，还能自如地拉着雪橇行走；另一个男人吹牛说他的狗能拉六百磅重的雪橇；第三个人说他的狗拉得动七百磅。

"呸！呸！"约翰·桑顿说，"巴克能拉一千磅。"

"不仅能拖动雪橇，而且还能走上一百码远吗？"马修森追问。他是一个幸运大王，也是他夸下海口说他的狗可以拉动七百磅的雪橇。

"不仅能拖动雪橇，而且能走一百码远。"约翰·桑顿镇静地说。

"那行，"马修森故意慢条斯理地说，目的是要让大家都听仔细，"我下一千美元的赌注，我赌它拉不动。喏，钱在这里。"他边说边把香肠大小的一袋

沙金砰的一声放在柜台上。

没有人开口说一句话。

桑顿本想以势压人，如果这是以势压人的话，而他自己反倒给吓唬住了。桑顿只觉得一股热血在缓缓地涌向他的脸部，桑顿的舌头已经出卖了他。因为桑顿不知道巴克拖不拖得动一千磅，那可是半吨重！这惊人的重量可把他吓慌了。桑顿一直相信，巴克力大无比，心中以为它能拖得动这样的重量。但是，以前从没有认真考虑过这个可能性，十多个人一声不响地等待着，十几双眼睛都在盯着他。再说，桑顿没有一千美元，汉斯和皮特也没有。

"我现在外面就停着一辆雪橇，上面装着二十袋五十磅重的面粉，"马修森马上毫不留情地接着说道，"别说你对此感到为难了。"

桑顿没回答，他不知道说什么好。桑顿像一个

失去思考能力的人，正在寻找使他重新恢复思考能力的事物，他向一张张的脸看去。吉姆·奥布赖恩的脸进入了他的眼帘，他是个淘金大王，是他的老朋友。这对他来说是一种暗示，好像在鼓励他去做他连做梦都没有想过的事。

"你能借给我一千美元吗？"他问道，声音低得几乎听不见。

"当然，"奥布赖恩答道，同时，将一只鼓鼓的袋子重重地放在了马修森的口袋旁边，"不过，我对这个畜生是否拖得动这么重的雪橇，没有太大的信心。"

黄金国里的人都一齐拥向街头，去观赏这场考验。桌子上全都空了，赌钱人与店里的人都出来看这场赌博的结果，都准备下注。几百个人穿着毛皮大衣，戴着毛皮手套，围站在雪橇的两侧附近。马

修森的雪橇上装着一千磅重的面粉，在那里已停留了两三个小时了，天气极冷，零下六十摄氏度，滑板已与硬邦邦的雪紧紧地冻在了一起。二比一的人下赌说巴克拖不动，其中一成的人下注巴克能拖得动。接着，大家对"拖动"这个词模棱两可的意义争论起来。奥布赖恩坚持说，桑顿可以将滑板先扳松，让巴克将雪橇从静止状态下"拖动"起来。马修森则认为，"拖动"一词应包括将滑板从坚硬的雪里拖松的含义。目击这场赌注的大多数人都站在他这方，于是，把赌注下到他一边的人数又增加了一层，形成三比一的阵势，赌巴克会输。

没有人站出来赌巴克赢，没有一个人相信巴克具有这样的能力。桑顿是急忙中被逼入打赌的境地，心中也是疑虑重重，而且此刻，他看着这副雪橇，看着雪橇前雪地里蜷蹲着拖这辆雪橇的由十条狗组

成的常规狗队，他就愈发觉得巴克要完成这项任务是不可能的。马修森变得更加洋洋得意了。

"三比一！"马修森宣布道，"我再押一千美元的注，桑顿，你看好吗？"

桑顿内心的疑虑明明白白地写在他的脸上，但是，他的斗志也被激发了起来——这种斗志超越了赌注，不去想不可能性的存在，耳中一切都听不到，只能听到战斗的厮杀声。桑顿把汉斯和皮特叫到身边，他们的钱袋干瘪瘪的，再加上他自己的，三个伙伴也只凑足两百美元。他们运气不好的时候，这笔钱就是他们的全部资本，但是他们毫不犹豫地放在马修森六百美元的旁边。

十条狗的绳套解了下来，套在了巴克的脖子上。巴克站在了拉雪橇的位置上，受到人群兴奋的感染，它觉得必须为约翰·桑顿争光。众人对它堂皇的外

表的赞叹声由轻变响。这时的它，外表非常漂亮，没有一丁点儿的冗肉，那一百五十磅重的身躯里全都是坚忍与刚强。它的毛皮泛着绸缎般的光彩。巴克的鬃毛沿颈部往下一直到双肩半竖在那里，都在静静地等待着，一有动静，就会竖起来，似乎无限的精力使得每一根毛发都充满了生命与活力。宽阔的胸脯和粗壮的前腿与它身体的其他部分非常相配，它的肌肉在肌肤下都成了一个个坚硬的球。人们抚摸过这些肌肉，说巴克坚硬如钢铁，于是赌注比例往下降至二比一。

"天哪，伙计！天哪，伙计！"这个酒店里新来的一个成员结结巴巴地说着话，他是个实力强大的后起之秀，"在打赌还没有开始前，我拿八百美元下注。先生，只要它站起来，八百美元就是你的了。"

桑顿摇摇头，走到巴克的身旁。

"你必须离它远些，"马修森抗议说，"不能推它，要远远地离开它。"

人群中寂静无声，只能听到赌徒们的声音，他们在徒劳地下注说二比一。人人都承认，巴克是条出色的狗，但是二十袋五十磅重的面粉在他们眼里实在太重了，于是，他们紧紧地攥住他们的钱袋。

桑顿在巴克的旁边跪了下来，他双手捧住它的头，面颊贴着它的面颊。桑顿常开玩笑地摇晃它的脑袋，这次他没有这么做，也没有低声骂它的诨名。但是，桑顿在它的耳边悄悄地说了几句话。"就像你爱我一样，巴克。就像你爱我一样啊。"他低声地说。巴克带着压抑与热切痛苦地呻吟。

人群好奇地观看着。事情渐渐变得神秘起来，看起来像在变魔术。桑顿要站起来了，巴克用它的嘴抓住他的手，用牙齿挤压着，然后很不情愿地慢

慢放开。这是在回答，不是话语的回答，而是爱的回答。桑顿远远地向后退去。

"开始吧，巴克。"桑顿说。

巴克拉紧缰绳，然后放松了几英寸。这是它学来的办法。

"向右！"桑顿声音在紧张的寂静中清脆响亮。

巴克摆向右边，身体向下俯冲，将绳子松弛部分拉紧，它猛地一拉，将它一百五十磅的体重全使了上去。面粉袋颤动起来，下面的滑板发出噼噼啪啪的碎裂声。

"向左！"桑顿发出了命令。

巴克重复了以上的动作，这次它晃到了左面。噼啪的响声变成了响亮的断裂声，雪橇的滑轴动了起来，滑板向侧面滑动了几英寸。雪橇动了！人们屏住呼吸，眼前发生的事都让他们完全惊呆了。

"好，向前走！"桑顿的口令像出膛的子弹，响彻云霄。

巴克拼命往前压着身子，拉紧了缰绳。它的整个身躯在使劲的时候缩成一团，发亮的皮毛下的肌肉像有生命的东西一样在那里滚动，形成一个个团团。它那宽大的胸脯压向地面，它压低头颅向前冲去，它的脚拼命向前舞动，爪子在紧实的雪地上抓出两排平行的印子。雪橇摇晃、颤抖，开始向前移动了。巴克的一只脚滑了一下，不知谁呻吟了一下。雪橇摇摇晃晃，看上去像是在抽搐与颠簸中向前移动……半英寸……一英寸……两英寸……颤抖明显减少了，雪橇向前的冲力增大了，巴克控制住颠簸，雪橇稳稳地向前移动。

人们舒了一口气，又恢复了呼吸，完全没有意识到他们刚刚屏息静气了好一阵。桑顿跟在后面跑，

野性的呼唤

用简短的话鼓励巴克。距离早已测量过，当巴克到达标志着百码尽头的柴火堆时，便响起了一阵欢呼声。当它经过柴火堆，听到命令后停下时，欢呼声已响得惊天动地。所有的人都在解下自己的衣物，甚至马修森也是如此。帽子和手套在空中飞舞。人们相互乱握手，也不管是与谁握，他们都激动得欢呼，说出的话语无伦次、断断续续，谁也听不明白。

然而，桑顿这时跪了下来，跪在巴克的身旁。

桑顿头顶着巴克的头，在来回地摇动。那些急忙过来的人听到他在骂巴克，这次他久久地、激动地、轻声细气地、充满爱怜地咒骂着它。

"天哪，伙计！天哪，伙计！"那个实力很强的后起之秀说话时唾沫星乱飞，"我出一千美元买这条狗，先生，一千美元，先生——一千二百美元，先生。"

桑顿站起身来，他的眼睛里满是泪水，眼泪顺着他的面颊流了下来。"先生，"他对实力很强的后起之秀说，"不卖，先生。你给我滚远点儿。这就是我的回答，先生。"

巴克用它的牙齿拉住了桑顿的手，桑顿来回摇晃着它。旁观的人们似乎出于共同的意愿，礼貌地一齐向后退去，退到远一些的地方，他们不敢再打扰他们。

第七章 呼唤在回响

　　巴克在五分钟的时间里为约翰·桑顿赚了一千六百美元，使得它的主人能够偿还一些债务，还能够携同他的伙伴们一同东进，去寻找传说中的一个迷失的金矿。

　　这个金矿与这个国家的历史一样古老。很多人寻找过它，但很少有人找到它，不少人为了寻找它，踏上了不归路。这座金矿的地点鲜为人知，充满着悲剧的色彩，覆盖在神秘的面纱之下。没人知道是谁第一个发现了它，再古老的传说也没提到这个第一人。起初，那里就有一座古老的、摇摇欲坠的小屋。濒临死亡的人们抓住天然金块，曾对着小屋发誓，对着小屋所代表的金矿地点发誓，说这就是证

据，这里确有金块，这些金块与北方大地所见的任何等级的金子都不相同。

但是，没有一个活着的人曾夺得这座宝库，而逝者已逝。约翰·桑顿、皮特、汉斯带上巴克以及其他五六条狗，向着东方，毅然踏上了陌生的道路，他们要在与他们相差无几的人与狗失败的地方，成就一番事业。他们的雪橇沿着育空河走了七十英里，拐向左，走进斯图尔特河域，途经梅奥湖与麦奎斯钦湖，并继续沿着斯图尔特河向前，一直走到了河的尽头。这时的斯图尔特河只剩下一条小溪，他们沿着美洲大陆之脊梁的一座座高耸入云的山峰蜿蜒向前行进。

约翰·桑顿对人或自然没有过多过高的要求，他并不恐惧荒野。只要有一把盐和一杆枪，桑顿便能投入茫茫荒野中，遍地可以食宿，想待多久就可

以待多久。桑顿像印第安人一样，从容不迫，在白天的行进途中捕猎食物，如果他捕猎不到食物，他还是像印第安人那样，继续赶路，内心并不焦虑，因为他知道他迟早会捕猎到食物。因此，在这次了不起的东进旅途中，肉就是他们唯一的食物，雪橇上主要装载的东西是弹药和工具，行程遥遥无期。

　　对巴克来说，在陌生的地方狩猎、捕鱼、漫游，都给它带来无限的快乐。有时，他们几个星期，一天连着一天持续不断地行进。有时，他们连续几个星期随处扎营。狗儿们无事可做，到处游荡，三个男人用火焰的热量在冻结的腐殖土及沙砾层里烧出了一个个洞，淘洗了无数盘的泥沙。他们有时挨饿，有时暴饮暴食，全都听命于猎物是否丰富及狩猎的运气。

　　夏天来临，狗与人的背上都背起包裹，他们坐

上木筏，越过山上湛蓝的湖面，或者坐上用森林里大木头锯成的窄长小船，在那些无名的河流里顺流而下或逆流而上。

日月来了又去，去了又来，他们弯弯曲曲地穿行于这片地图上都没有标明的广袤大地上，这是一片没有人烟的天地，但如果说"迷失的小屋"之传说属实的话，那么，这就是一个曾经有人来过的地方。他们在夏日的暴风雨中穿越一座座分水岭，浑身冷得发抖，午夜的太阳照射在茂密的树林与终年的积雪之间光秃秃的山头上。他们在昆虫与苍蝇成群中突然一下子进入了夏日中的山谷，在冰川附近他们采摘到南方大地为之骄傲的鲜嫩美丽的草莓和鲜花。

这年秋天，他们经过一片神秘的湖泊地区，那个地方悲凉而沉寂，它曾是百鸟生活的世界，可是这时既看不到一点儿活物，也见不到点滴生命的影子，只有凉风飕飕、隐蔽处的结冰声以及寂寞的水波掀起的忧郁涟漪声。

又是整整一个冬天，他们踏着前人走过的尘封小路，茫然地赶路。有一次，他们偶然走进了一条林中小道，一条非常古老的小路，似乎"迷失的小屋"就近在咫尺了。

但是，这条路去无踪，来无影，成了一个谜团，就像是谁开辟了这条路，他又为什么要开这条路是个谜一样。又有一次，他们偶然来到了一个风雨雕蚀的猎人木屋残骸，约翰·桑顿在腐烂的毛毯碎片中，发现了一支长筒礠发枪。桑顿知道，那是哈德逊海湾公司初期在西北时制造的枪，当时这样一支枪的价格不菲，枪的价值高到可以同一捆与枪身等高的河狸皮。他们所知的仅此而已，但对于当时那

个最后离开林中木屋，并将枪遗忘在毛毯中的人的情况，却一点儿线索也没有。

春天再次来临了，他们四处寻找，终于找到了。但他们找到的并不是"迷失的小屋"，而是一个浅冲积矿。这个冲积矿位于一个开阔的山谷里，金子就像金黄色的黄油出现在淘金盘的盘底。他们不再继续寻找小屋。每个工作日，他们能淘到价值几千美元的纯沙金及天然金块，于是，他们天天在那里淘金。金子被装进驼鹿皮的袋子里，一袋五十磅，堆在云杉树枝搭成的小屋外，像是许多的柴火。他们像大力士那样拼命干活，日子像梦境一样一日紧接着一日过去了，他们的财富也就越堆越高。

那些狗就无事可做了，除了偶尔桑顿打猎时去拖拖野味之外，巴克就成天待在火堆旁想入非非，消磨那漫长的时光。由于没有什么事可做，它经常

在火堆旁眨着眼，眼前出现那个短腿毛人，与它一起漫游于它记忆中的另外一个世界。

另外的世界里，最显著的东西好像就是恐惧。那个毛人在火堆旁睡觉时，头夹在双膝之间，双手合抱住头，巴克注视着他，发现他睡得很不安稳，经常会在惊吓中醒来。醒来后，他会胆战心惊地注视着黑暗处，顺手往火里添些木柴。浑身毛茸茸的人在海滩上拾贝壳，拾到后就食用。他们有没有经过毛人拾贝的海滩？毛人的眼睛四处张望，观察附近隐藏的危险，一旦危险出现，他们就会闻风而逃。巴克跟随在毛人的身后，悄然无声潜行进入了森林。他们小心翼翼，非常警觉，两者都是如此。他们的耳朵一边抽搐一边在动，鼻孔在颤抖，因为这个人的听觉与嗅觉与巴克一样敏锐。毛人可以纵身跳到树上，在上面行动如同在地面上一样快捷如飞，他

的手臂一前一后地向前荡去，有时一荡就是十几英尺，放手、抓住，但从来不会坠落，也从来不会抓空。实际上，他在树上与在地面上一样行动自如。巴克回忆起那几个夜晚，毛人在树上筑巢，紧抱着树枝睡觉，而它就在树下守夜。

与梦见毛人的种种情景相似，那种呼唤依然回响于密林深处。这种呼唤使它内心充满着骚动不安与莫名的渴望。它感到一种朦胧的甜美快感，而且它意识到它的内心出现了一种野性的渴望与骚乱，但它不知道它渴望的是什么。

有时，巴克追随着这种呼唤走进密林，去寻找它，仿佛它是一种摸得到、看得见的东西，它一会儿轻声叫唤，一会儿又挑战般地大叫，好像是受到渴望心情的驱使一样。巴克会将鼻子伸到冰凉的木头苔藓里，或伸进杂草丛生的黑土里，当嗅到肥沃

的泥土的气息时，它的鼻子里会发出快乐的哼唧声。有时它会静静地躲藏在长满菌类的残枝败叶后面，长达几个小时，巴克瞪大眼睛，高竖耳朵，留心周围的动静与声响。它躲藏起来，也许是因为它希望对它不能明白的这种呼唤来个突然袭击。但是巴克不知道，它为什么会有这样稀奇古怪的举动。它是迫不得已的，它根本就不知道为什么。

一阵阵无法抵抗的冲动支配着巴克。当它身躺在营地里，在白天的温暖中懒散地打瞌睡的时候，它会突然抬起头，竖起耳，全神贯注地倾听，并且会跳起身，猛然离开，一直向前跑去，连续几个小时不停地向前，穿过一条条林中小道，越过一块块堆着黑礁块的宽阔空地。它喜欢在干涸的河道里向前跑，喜欢悄悄走近去窥视树林中的禽鸟。有时，它整天都躺在低矮的灌木中，看着鹧鸪在那里一面

聒噪一面大摇大摆地上下跳动。但是，它特别喜欢在夏天午夜灰蒙蒙的光线下飞跑，听着森林里低缓而又带着倦意的沙沙声，它像人类读书那样解读着各种各样的踪影与声响，寻找那个发出呼唤的神秘东西——不论在它梦中还是在苏醒时，那东西始终在召唤着它。

一天夜里，睡梦中的巴克惊恐地跳起身，双眼充满着渴望，鼻孔在颤抖中嗅着什么，鬃毛像波浪般地上下起伏。森林里传来了呼唤声（或者说是呼唤声中的一个音符，因为那种呼唤是多音符的），清晰可辨，明白无误，全然不同于从前。那是一种拖着长腔的嗥叫，像是爱斯基摩犬发出的声音，但又不像。它听出来了，这是一种古老熟悉的声音，是以前听到过的声音。它跳起来，穿过沉睡的营房，悄然而迅猛地穿过树林。当它接近叫声的时候，放

慢了速度，小心谨慎地向前迈着每一步，接着，它来到了树丛中的一块空地旁，它朝空地望去，看到了一头又长又瘦的大灰狼，只见它直起身子站在自己的后腿上，鼻子朝着天空。

虽然巴克并没有弄出声响，可是大灰狼停止了嚎叫，竭力寻找入侵的陌客。巴克悄悄地走进空地，身子几乎蹲在了地上，浑身缩成一团，尾巴又直又硬，落脚时它格外谨慎。它的每一个动作都夹杂着威胁和友爱的复杂心情，恐吓与休战是掠夺性野兽见面时的特征。然而，一看到它，大灰狼却逃走了。它追了上去，拼了命地想赶超上去。

巴克把大灰狼逼进了一条小溪的河床，前面无路可走，一堆杂树乱木挡住了去路。大灰狼转过身，后腿作为支点，动作与乔的动作一样，与所有被逼入绝境的爱斯基摩狗的动作一样，它毛发悚然，拼

命叫嚣，咬紧牙齿，迅速而猛烈地狂吠着。

巴克没有进攻，只是绕着它跑，把它围在中间，偶尔友好地走向前。大灰狼心存疑虑与恐惧，因为巴克的体重是它的三倍，它的头还够不到巴克的肩膀。它找了机会，又冲了出去，于是，又重新开始了前后追逐。虽然它身体极度糟糕，巴克也不能轻而易举地追上它，但它时常被逼入绝境，前面出现过的情形再次出现。它一直跑，巴克的头都碰到了它的身体。大灰狼在困境中急速转身，瞅准机会，便会再一次逃出包围圈。

但是最后，巴克的不懈努力终于有了回报。因为大灰狼发现对方无意伤害自己，便与对方互相嗅起鼻子来。接着，它们友好地相处，并在紧张不安与羞羞答答中一起玩耍起来，收起了凶猛野兽的本性。玩了一会儿后，大灰狼大步流星、不急不慢地

跑开去，明白地表示，它要到一个什么地方去。它清楚地示意巴克，让它跟着一起去。于是，它们并行穿过阴沉沉的暮色，笔直沿小溪跑去，进入了小溪的源头，越过小溪的发源地——一座荒凉的分水岭。

它们跑过分水岭对面的山坡，进入了一片平坦的土地。那里有大片的森林以及许多溪流。它们从容地穿越这片森林，时间一个小时接一个小时地过去了，太阳高高地升了起来，天变得暖和了。巴克欣喜若狂，当它在森林兄弟身旁，一块儿向呼唤响起的地方跑去的时候，它知道自己终于对这种呼唤做出回应了。

巴克的脑海里闪现了许多古老的记忆，而且这些古老的记忆正在苏醒过来，想到那正是现实的影子时，它为此骚动不安。此刻，它自由自在地飞跑

在广阔的天地里，脚下是未开垦的大地，头上是辽阔无边的天空。以前，在它另一个依稀记得的天地里，它曾有过这样的经历，现在它又在体验这一切。

它们在一条流水潺潺的河边停下来喝水。停下时，巴克便想起了约翰·桑顿。它坐了下来，大灰狼向真正发出呼唤的地方进发，然后返回到巴克的身边，它嗅着鼻子，做着各种举动，似乎在催促巴克。但是，巴克转过身，慢慢地往回走。这位荒野中的兄弟在它身边来回跑了足足一个小时，同时轻轻地发出埋怨声。接着，它坐下来，鼻子朝着天，啼嚎起来。这啼嚎悲伤哀婉，而巴克继续走自己的路，啼嚎声变得越来越轻，后来消失在远方。

当巴克冲进营地时，约翰·桑顿正在吃饭，它带着狂热的爱扑到了他的身上，把他掀倒在地上，在他身上乱爬，去舔他的脸，咬他的手。约翰·桑

顿给这种游戏的特点定性为"胡闹的游戏"。同时，他来回摇晃着巴克，嘴里宠爱地咒骂着它。

巴克两天两夜都没有离开营地，没有让桑顿离开它的视野。桑顿工作的时候，它跟在他身后；他吃饭的时候，它注视着他；夜晚，它看着他进被窝；早晨，它看着他起床。但是，两天之后，森林里的呼唤变得比以往任何时候更为迫切。巴克又坐立不安了，并且经常想起他荒野中的兄弟，想起在分水岭另一边的美好天地，想起它们并肩跑过的那一片片宽阔的森林。它再一次来到树林里徘徊，但是荒野兄弟没有再出现，虽然它在漫长的夜里侧耳倾听，但是那悲伤哀婉的啼嚎没有再响起。

巴克开始晚上不回来睡觉，有时长达几天不在营地。有一次，它越过小溪源头处的分水岭，进入了那片树木茂密、河流密布的天地。在那里游荡了

一个星期，徒劳地寻找那位荒野兄弟的新足迹，它一边行走一边狩猎野味，行进时它似乎有点儿不知疲劳地迈着轻松的大步子。它在一条宽阔的河流里捕捉鲑鱼，这条河流最后汇入大海。也是在这条河流边，它猎杀了一头大黑熊。当时，大黑熊也在捕鱼，可是蚊子叮得它睁不开眼睛，于是它绝望而痛苦地在森林里狂怒地乱窜。即便如此，那也是一场艰苦卓绝的搏杀。这场搏杀唤醒了巴克身上最后一些潜伏的凶猛。两天之后，当它返回到猎物身边时，看到有十多头狼獾在争夺它的战利品。它轻而易举地把它们轰走了，剩下两只未能逃跑的再也不会争夺了。

它嗜血的本性从来没有这样强烈过。巴克是个杀手，是个食肉野兽，依靠自己的力量与威力掠夺那些鲜活的、孤独无援的动物而生存，并耀武扬威

地存活于只有强者才能存活的、充满敌意的世界里。正因为这些，它心中充满着极大的自豪感，这种自豪感像传染病一样具有感染力，感染着它的肌体，体现在它的行动中，散布于它所有的肌肉运动中，像语言一样清楚地表达在它的行为举止中。因而使得它那身光彩照人的皮毛更加光彩夺目，要不是它的鼻子以及它的眼睛有些许的褐色，还有它胸中间所出现的白色毛发，它很容易被误认为是一头巨狼，甚至比最大品种的狼还要大。它从圣伯纳德父亲那里，继承了身架与体重，但是它的那头牧羊犬的母亲赋予了它体型。它的鼻子就是那种长长的狼鼻子，又比任何狼的鼻子还大，而它的头是一颗硕大的狼头，而且很宽。

巴克的狡猾，是狼的狡猾，是野性的狡猾。巴克的智慧，是牧羊犬和圣伯纳德犬的智慧。所有这

一切，再加上从最凶猛群体中所获得的经验，都使它像任何漫游在荒野中的生物一样，令人生畏。它是一头食肉动物，完全靠肉食为生，现在正处于年轻力壮的年龄，生命的顶峰，浑身散发着活力与刚强。当桑顿的手沿着它的背脊抚摸而过的时候，它的毛发便随之噼噼啪啪地竖了起来。爱的抚摸，使得它的每根毛发都散发出被束缚住的魅力。它的大脑与躯体，神经组织与纤维，总之，它身上的每一个部位都达到了极致，而在所有这些部位之间存在着一种完美的平衡或协调。

对于需要采取行动的眼见之物、耳听之声以及各种重要事件，它都以迅雷不及掩耳的速度做出反应。它跳起来防卫或反击的迅猛速度如爱斯基摩狗，甚至比爱斯基摩狗还要迅猛一倍。从看到动静，或听到声响，到它做出反应，总共所需的反应时间比

别的狗用于看个明白或听个仔细的时间要少。它感知、决定、反应，这三个行为是在同一瞬间完成的。从实际情况看，感知、决定、反应这三者，是先后发生的行为。但是，由于时间相隔无穷之小，看起来像是同时发生的一样。巴克的肌肉充满着力量，像钢丝弹簧一样富有弹性。生命像涌泉一般，欢快而热烈地流遍它的全身。直至最后，那份狂喜似乎要冲破它的身体，慷慨地流遍整个世界。

"从没见过这样的狗。"有一天约翰·桑顿这么说。当时，他的伙计们都在注视着巴克神气活现地走出营地。

"上帝造就它以后，就把铸造它的模子给毁了。"皮特说。

"没错！"汉斯肯定地说。

他们看见它精神抖擞地离开营地，但是他们没

有看到，当它一进入密林深处，身上顿时出现了巨大的转变。它不再昂首阔步地行走。顿时，巴克就变成了一只荒野中的野兽，它迈着猫步，悄悄地向前潜行，出没在各种阴影环境中，成了一个移动的影子。它知道如何隐藏自己的行踪，如何像蛇一样肚子着地向前爬，或者像蛇一样纵身跳起来袭击。它能从雷鸟的巢穴中取出雷鸟，杀死睡觉中的兔子，能从半空中猛地折断逃跑中的小金花鼠（它本想逃到树上去，却迟了一步）。对它来说，池塘里的鱼游得不算快，修筑大坝的河狸也不是很机警，它只是杀了当食物吃，而不是在肆意杀戮。不过，它倒是希望吃自己亲手捕杀的食物。因此，它的行为中潜伏着一种幽默。偷偷靠近松鼠是它的快乐，当它几乎可以抓住它们的时候，却故意把它们放跑，吓得半死的松鼠叽叽喳喳逃到了树顶上。

野性的呼唤

秋天来临时，大批的驼鹿出现了，它们慢慢地走向峡谷的低处，迎接冬天的到来，那里的冬天不是非常寒冷。巴克虽然早已猎到一头离群的半成年的小牛，但是它强烈希望能猎获到体形更大、更强壮的猎物。

有一天，它在小溪源头的分水岭处碰巧遇上了。一个共有二十头驼鹿的鹿群从河流密布、森林茂密的地方走来，领头的是一头雄驼鹿。它脾气暴躁，站立的身高有六英尺多，这样一个令人生畏的对手，正是巴克翘首以待的。这头驼鹿的头上长着巨大的鹿角，它来回摇晃着如同枝杈的鹿角，上面共有十四个枝杈，鹿角包括枝杈在内的总宽是七英尺。它的那双小眼睛闪着险恶与仇恨的目光。一看到巴克，就一阵狂吼。

从雄驼鹿的身体侧面，伸出了一支带着羽毛的

箭尾，这正是它脾气暴躁的原因。在原始世界的古
老狩猎时期的本能的引领下，巴克设法把这头雄驼
鹿与驼鹿群分开。这可不是一件轻而易举的事。它
在雄驼鹿前吠叫，手舞足蹈，只是不能让那些大鹿
角碰着，也不能让驼鹿的乱蹄踩到，要是被它们踩
上，只要一脚，它就没命了。雄驼鹿既不能无视犬
牙的危险，又不能继续赶路，它被逼得一阵阵地发
怒。它向巴克冲来，而巴克却巧妙地撤退，假装逃
不动，以继续引诱雄驼鹿走过来。但是，巴克用这
种办法将雄驼鹿和它的伙伴分开的时候，两三头年
轻的壮驼鹿掉头冲向巴克，使得受伤的雄驼鹿重新
返回驼鹿群中。

　　所有野兽都具备坚韧不拔的品质，如同生命本
身那样顽固、不知疲倦。蜘蛛遥遥无期地静静待在
蜘蛛网上，蛇始终盘绕着，黑豹永远埋伏着。这种

耐力在猎取鲜活的食物的生命身上特别显著，而这种耐力此时在巴克身上得到了体现，它死死守在这群驼鹿侧面，阻碍了它们的前进，激怒了年轻力壮的驼鹿，母驼鹿为这些愣头青担心，而那头受伤的雄驼鹿气得发疯，又生气又无奈。

这种情况整整持续了大半天。巴克加大逼近力度，从四面八方进攻，将这群驼鹿包围在一股带着威胁的旋风之中，受害者迅速返回群体中，而巴克又迅速将它与驼鹿群分离开来。巴克在消磨被猎物的耐力，而猎物的忍耐力往往不及狩猎者的忍耐力强。

漫长的白天过去了，太阳在西北方向沉没（黑暗回来了，秋天的夜晚持续六小时之久），年轻的驼鹿折回身去援助被包围的领头驼鹿，但它们的脚步变得越来越勉强。正在袭来的冬天催促着它们不停

地往低处赶路，可是它们好像永远也无法摆脱这头拖延它们进程的不知疲倦的野兽。而且，受到威胁的不是整个驼鹿群的生命，也不是年轻雄驼鹿的生命。对手要的只是一只驼鹿的生命，它远不会影响到它们所有成员的生命，于是，它们最后便心甘情愿地交了这笔通行费。

暮色降临时，老雄驼鹿站在那儿，眼睛注视着它的伙伴们——那些它熟悉的母驼鹿，那些它生养的小驼鹿，那些它驯服的公驼鹿，而它们摇摇晃晃地飞速向前，穿越逐渐暗淡的光线，老驼鹿低下了头。它无法跟上去，因为没有等到它的鼻子向上跃动，冷酷无情的犬牙威胁着它，不放它走。它的体重有半吨加三百公斤之重。在它漫长而威风的一生中，充满了战斗与厮杀，而最后它却在一只头都没有高过它膝关节的家伙旁边，面对死亡。

从那一刻起，巴克便日日夜夜都不离开它的猎物，不给对方片刻的休息，绝不允许它去吃树叶或者吃小桦树和小柳树上的嫩枝。同时，它们涉水走过那些淌着涓涓细流的小溪时，巴克也不给这头受伤的公驼鹿喝水的机会，以缓解它强烈的饥渴。雄驼鹿经常在绝望中，突然长距离地狂奔。这种时候，巴克并不想制止它，而是跟在它后面轻松地慢跑，心中对这样的游戏感到很满意。当驼鹿静静地站着时，它就躺下，当驼鹿想吃喝的时候，它便发起猛烈的进攻。

那颗硕大的头颅越来越低垂到它的鹿角枝杈的下面，蹒跚的步履变得越来越无力。它开始长时间地站立，鼻子垂向地面，耳朵无力地耷拉着。因此，巴克就去喝水，去休息。在这样的时刻，巴克伸着懒洋洋的红舌头，喘着粗气，眼睛盯着雄驼鹿，它

似乎觉得周边的事物正在发生着变化。它感到眼前大地上出现了一种新的骚动，随着驼鹿进入这片大地时，其他的生命种类也在进入。

森林、溪流和空气，似乎因为它们的到来而颤抖起来。它并不是因为靠眼睛看，用耳朵听，或者是鼻子嗅，才获得这个信息的，而是通过一种更为微妙的感觉，它得到了这个信息。它什么也没有听到，什么也没有看到，但是它知道这片大地变了模样。它知道，正是因为这种变化，奇异的事情正在酝酿之中，即将要发生。它决定结束手头的这件事后，要去探个究竟。

终于在第四天临近结束的时候，它把这头公驼鹿拖垮了。它在猎物旁待了一天一夜，不是吃就是睡，不是睡就是吃，轮番进行。后来，休息够了，恢复了精神，身体强壮了，便掉头往营地和约

翰·桑顿的方向折返。它大步流星地往回赶路，一个小时接着一个小时，道路虽然错综复杂，可它从来没有迷失方向。它目标明确地穿过陌生的大地，一直向前往家赶，方向感准确，这将人类以及指南针置于无地自容的地位。

当它不断向前的时候，这片大地上那种新的骚动越发明显。那是一种别样的生命，与过去整个夏天出没的那种生命不一样。这一事实不再是以某种微妙、神秘的方式向它传达，群鸟在谈论，松鼠在喋喋不休，微风在低声悄语。它好几次停下脚步，大口地吸入早晨的清新空气，从中获得了促使它更加迅速向前飞跑的信息。一种大祸临头的感觉压得它喘不过气，但愿这不是已经发生的灾难，它越过最后一个分水岭，朝下面的山谷飞奔直下，朝着营地前行，但它行动时十分谨慎小心。

走了三英里后，它突然看到了一条新的小路，这使得它的颈部毛发时起时伏。这条路一直通向营地，通到约翰·桑顿身边。巴克加快了脚步，动作迅速又悄然无声，每一根神经都绷得紧紧的。它警觉地发现，无数的细节都在讲述同一个故事：世界末日几乎就在眼前。它的嗅觉却对它正在追踪的生命的变迁给予了多种多样的描述。它注意到森林里那种无边的沉寂，禽鸟已经迁移，松鼠躲藏了起来。它只看到一种生物——一个毛发光滑的灰色家伙，扁平的身子紧贴着一根灰色的死枝，它看上去似乎是死枝的一分子，像是树木本身的一个木瘤。

当巴克随着模糊身影悄悄向前的时候，它的鼻子突然转向了一侧，犹如有一股强大的力量抓住了它，牵引着它。它跟随刚发现的气味，深入树丛中，却发现了尼格。尼格侧身躺着，死了，它拖着

受伤的身子到达了这块地方。一支箭插在它的身子里，箭头与带羽毛的箭尾伸出在身体的两侧。再往前一百码，巴克看到了桑顿在道森买来的一只雪橇狗。这条狗正躺在小路中央垂死挣扎，左右扭动着。巴克从它身旁绕过去，没有停留。营地里传来很多人的声音，他们升降着调子，低声吟唱。巴克匍匐前行，到达空地的边缘，在那里发现汉斯趴在地上，身上插满了箭，看上去像是一头豪猪。同时，巴克朝原来用云杉木树枝搭起的木屋所在的位置看去，眼中所见的一切使它脖子上的毛发顿时倒竖了起来。一股压倒一切的怒火占据了它的全身，它甚至没发现自己在嗥叫。它的嗥叫响得吓人，凶猛异常，这是它一生中最后一次让激情压倒了机智与理性，那是因为它对约翰·桑顿充满了无限的热爱，使得它失去了理性。

　　当耶哈兹人在云杉树枝木屋的废墟周围手舞足蹈的时候，他们突然听到一声令人丧魂落魄的嗥叫，只见一只他们以前从未见过的动物朝他们扑上来。那就是巴克，这时的它像一股愤怒的飓风，带着摧毁一切的狂暴，扑到他们身上。它扑向最前面的那个人，那是耶哈兹人的酋长，狠狠地将他的喉管撕开，直到他的颈静脉喷出了一股血泉。它没有停下来，继续去撕咬那些它遇上的人。它第二次跳起身，便撕裂了第二个人的喉管。这时的它势不可当，跳入当耶哈兹人群中，撕咬着、摧毁着，它的动作没有片刻的停留，迅猛又快捷，他们的箭都无法射中它。事实上，它的动作快得让人难以想象，同时，那些印第安人紧紧地拥挤在一起，他们的箭都射向了自己人。一个年轻的猎人从空中向巴克投来一支矛，结果却投到另一个猎人的胸口，由于用力很猛，

矛头穿透了这个猎人背部的皮肤。这时，所有的耶哈兹人都惊慌失措了。他们向树林里逃窜，一边逃跑，一边说魔鬼精灵来了。

而巴克的确成了魔鬼的化身。它怒火冲天地追赶着他们，当他们穿过树林拼命逃跑的时候，它将他们当鹿一样拖倒在地。对耶哈兹人来说，这真是噩梦般的一天。他们四处逃窜，人员散落在各地，一个星期后，最后的生存者聚集到了一片低谷里，清理他们的损失情况。至于巴克，它追厌了以后，便返回到凄凉的营地。它在毛毯里找到了皮特，看来他是在受到袭击的一开始就遇害了。泥地上留有桑顿不顾一切挣扎的新痕迹，巴克沿着痕迹一路嗅过去，来到了一个深水塘的边缘。斯基特躺在水塘边上，头和前蹄伸进水中，它的忠诚一直延续到生命的最后时刻。水塘本身很浑浊，流矿槽改变了颜

色，并将它下面的东西全都隐藏了起来，巴克确信约翰·桑顿隐藏在其中。因为巴克是跟随着他的行踪一路过来，而他的行踪在水边消失了，却没有看到离开水塘的痕迹。

整整一天，巴克不是默默地待在水塘边，就是在营地里不停地走动。它知道，死亡是运动的一种终止，是一种生命形态的逝去与消亡，它明白约翰·桑顿已经死了。死亡给它留下了一种巨大的空虚，这种空虚有点儿类似于饥饿，这是一种使它疼痛不止的空虚，是一种食物无法填补的空虚。

有时，当它停下来凝视耶哈兹人尸体的时候，它忘记了死亡所带来的痛苦，这时它意识到，自己的内心有一种无比的骄傲———一种比它以往所体验过的还要巨大的骄傲之情。它杀了人，那是所有猎物中最高贵的一种，而且它在面对着棍棒与犬牙法则

时杀死了人。它好奇地嗅着人的尸体，他们如此轻而易举地死去。杀死一头爱斯基摩狗要比杀人更困难。要不是他们有弓箭、长矛、棍棒，他们根本就不是它的对手。从今以后，它不会害怕他们，除非他们手中拿着弓箭、长矛及棍棒。

夜幕降临，一轮满月高高升起，挂在空中，挂在树梢上，照亮了整个大地，直到最后淹没在苍白的月光里。随着夜幕降临，原本在水塘边忧思伤神的巴克，突然敏锐地感觉到森林里有一种新生命在骚动，那不是耶哈兹人发出的那种骚动。它站起身，倾听着、嗅闻着。远处慢慢飘来微弱而尖细的叫声，随即又响起一阵同样尖细而整齐的吠叫声。片刻后，吠叫声渐渐变得近了，变得响了。巴克再一次明白了，那是它在另外一个世界里所听到的生物叫声，那个世界始终萦绕在它的心里。它走到开阔的空地

中央，倾听起来。正是这种呼唤，这种有着高低起伏的呼唤，比以往任何时候都更具有诱惑力和吸引力。而与以往不同的是，它现在乐意听从这召唤。约翰·桑顿死了，最后的纽带断了，人与人的要求对它不再有约束力。

　　狼群如同耶哈兹人猎取活物那样，在迁移的驼鹿群中半路截取，它们终于从溪流和树林之地来了，侵入巴克的峡谷。它们像银白色的洪水一般，涌入洒满月光的空地。而巴克站立在空地的中央，静止得像一尊雕像，它在等待它们的到来。看着它一动不动、形象高大的样子，它们都惊呆了。于是，它们停了片刻，直到它们中一头最大胆的狼径直地朝巴克扑了上去。巴克如闪电一般，袭击对方，咬断了对方的脖子。然后，它像先前那样一动不动，遭殃的那只狼在它的身后痛苦地翻滚。另外三只狼接

野性的呼唤

连攻击它。然而，它们又接连败阵后退。退下时，撕裂的喉咙及肩膀鲜血直流。这一切足以使得群狼都蜂拥而上，它们乱哄哄地前拥后挤，又相互挡着道，都急于捕获它们的猎物。巴克令人惊叹的速度和敏捷的反应使它占了优势。它依靠后腿作为转动的支点，同时四面出击，又是咬，又是撕，它转动着身子，左右防护，动作迅捷，独自形成了一条牢不可破的阵线。但是为了防止它们从身后袭击它，它不得不后退，经过水塘，进入小溪的河床，一直退到背靠高高的沙砾河岸为止。它继续向前，来到河岸成直角的地段，那是人们在采矿过程中筑成的，它在这个直角地段找到了安全港湾。它的身后与左右这三面都有防范，只要对付正面的攻击就行了。

巴克势不可挡，半个小时后，这群狼只得空手而退。它们的舌头都伸在外面，白色的尖牙在月光

下闪着阴森森的白光。有的躺了下来，但头高高地
抬起，耳朵向前竖起；有的站在那里，注视着它；
还有的在从水塘里舔水喝。其中有一头灰色的狼，
身子瘦长，小心谨慎地向前走来，态度很友善。巴
克认出它来，原来它就是和自己曾经一起跑了一天
一夜的那个荒野中的兄弟。那头狼发出轻轻的呜咽
声，巴克也呜咽回应，它们相互碰了碰鼻子。

　　这时，一头老狼走上前来，一副憔悴的样子，
身上满是战斗的伤痕。巴克扭动嘴唇，像是要开始
嗥叫，却与它嗅了嗅鼻子。老狼坐了下来，鼻子朝
着月亮，发出一声长长的狼嗥。其余的狼也都坐下
来，嗥叫起来。此刻，巴克清晰无误地听到那呼唤。
它也坐了下来，发出嗥叫。嗥叫结束后，它走出直
角港湾，群狼都拥到它的周围，半带着友爱，半带
着野蛮，嗅着它。领头狼一边带头嗥叫，一边纵身

蹿入树林之中。群狼摇摇晃晃地跟在后面，一齐嗥叫。巴克也随着它们一同跑去，与它的荒野兄弟肩并肩地边跑边叫。

叙述到此，巴克的故事完全可以结束了。没过多少年，耶哈兹人注意到大灰狼这个品种发生了变化。因为他们看见有一些大灰狼的头部和鼻子上有棕褐色斑点，胸部中间有长条的白色。但是比这更奇特的事是，耶哈兹人中流传着这样的传说，说这群大灰狼的领袖是一条幽灵狗。他们害怕这条幽灵狗，因为它比他们机敏厉害，在寒冷的冬天，它从他们的营房里偷东西，破坏他们的陷阱，杀害他们的狗，公然挑战他们最勇敢的猎手。

不仅如此，还有更可怕的传说。那些没能回到营地的猎人，那些以往的猎人，当同部落的人发现他们时，他们的喉咙都被残忍地撕裂了，他们身体

四周的雪地里的狼脚印比任何狼的脚印都要大。每年秋天，当耶哈兹人跟踪驼鹿的行踪时，有一个峡谷，他们永远不敢进去。当女人们团坐在火堆旁谈论说，恶魔精灵选择那个峡谷作为永久居住地，女人们都非常悲伤。

每年夏日，峡谷里都有一个来客，耶哈兹人并不认识它。那是一头巨大的皮毛华美的狼，可以说它与其他的狼很相像，但又不像。它独自从美丽的树林地带走来，走进树林中央的一块空地上。在这里，一条黄色的水流从腐烂的驼鹿皮囊下流出，渗入地里。地上长出了长长的青草，覆盖着腐殖土壤，将黄色的鹿皮遮得见不到阳光。那头狼在这里沉思默想一会儿，充满忧伤地、长时间地嗥叫了一阵，然后转身离去。

但是，它并不总是独来独往。当漫长的冬日夜晚

野性的呼唤

来临时，大灰狼们跟随着猎物进入低谷，人们也许会看见它跑在狼群前头，穿越于苍白的月色下及微弱的北极光里。它纵身一跳，身躯远远高过它的同伴们，它咆哮的时候，高声吟唱出了一支属于年轻世界的歌，那就是狼群之歌。